LES PASSE-**MURAILLES**

Collection dirigée par
Emmanuelle Dugain-Delacomptée

La littérature permet de franchir
des murs, de rencontrer l'ailleurs.
Ici, chaque livre vous emmène de l'autre côté.
Dans une autre époque, un autre pays, une autre
œuvre, un autre milieu, un autre genre...
Ici, plus de cloisons : le romanesque peut se mêler
au théâtre, l'essai à la fiction, l'image au texte.
Voilà ce que propose « Les Passe-murailles » :
une ouverture. Une liberté.

Les maîtres de Bayreuth

CHARLIE ROQUIN

Les maîtres de Bayreuth

roman

LES PASSE-**MURAILLES**

À Jean-Claude Capèle

« On ne peut servir deux maîtres
lorsque l'un d'eux s'appelle Wagner. »
Friedrich NIETZSCHE

I

L'OR DU RHIN

Moshe Griebnisch arrivait par le train de midi. Cet horaire simple à retenir avait favorisé la diffusion d'une information qui, sans cela, n'eût pas fait tant de bruit. Depuis le début du festival, il se disait que le célèbre critique arriverait tel lundi, à midi, et resterait quatre jours : un pour *L'Or du Rhin*, un pour *La Walkyrie*, un pour *Siegfried*, un pour *Le Crépuscule des dieux* – les quatre volets de la Tétralogie dans une nouvelle production, très attendue.

À Bayreuth, les entractes durent cinquante minutes. Ils laissent aux festivaliers le temps de flâner dans les jardins du *Festspielhaus*, une flûte de champagne à la main, dans l'autre un bretzel ou une cigarette, en commentant ce qu'ils viennent d'entendre. Que penser de ce *Lohengrin* ? de cette ouverture du *Vaisseau fantôme* jouée si hargneusement... ? Cette année-là, on parlait surtout de Moshe Griebnisch. Bien qu'on soupçonnât la réponse, on se demandait pourquoi il arrivait si tard, ratant ainsi la moitié du festival. Moshe ne s'intéressait plus qu'au *Ring*. Il avait atteint cet âge, inévitable dans une vie de wagnérien, où nulle œuvre du Maître ne laisse indifférent mais où seul le *Ring* passionne encore ; l'œuvre en soi et la manière toujours inédite dont tel chef d'orchestre, tel metteur en scène, tels chanteurs et telles cantatrices s'attaquent au monstre.

Le combat s'annonçait particulièrement épique. Après deux saisons sans *Ring*, davantage sans *Ring* mémorable, on allait découvrir le travail d'un jeune Français. Cette nationalité n'était pas anodine. Personne n'avait oublié le résultat obtenu la dernière fois que la Tétralogie avait été confiée à des mains d'outre-Rhin : hurlements, menaces de mort, finalement une heure trente d'applaudissements, cent rappels pour une production qui avait bouleversé l'histoire de l'opéra et du théâtre en Occident[1].

De ce nouveau *Ring*, rien n'avait fuité. Les festivaliers supposaient pourtant qu'il soulèverait de fortes réactions, qu'il faudrait choisir son camp. Ils attendaient d'autant plus fiévreusement la venue de Moshe Griebnisch. Ses verdicts tomberaient après chaque représentation. Sans avoir une valeur de vérité certaine, ils auraient celle d'une référence. Moshe avait été le premier à acclamer le *Ring* de Patrice Chéreau, à détruire ceux de Peter Hall et d'Alfred Kirchner. Il avait souvent eu le nez creux mais son flair, récemment, semblait s'être altéré. Pourquoi s'obstinait-il à défendre les productions de Petula Stark, la directrice du festival ? Était-ce par conviction, copinage ? Certains, qui l'avaient idolâtré, doutaient désormais de lui. Il n'en demeurait pas moins

1. Le « *Ring* du centenaire », dirigé par Pierre Boulez et mis en scène par Patrice Chéreau. Il fut représenté de 1976 à 1980, 1976 marquant le centenaire du festival et de la première exécution complète de la Tétralogie.

une figure d'autorité dont tous attendaient l'opinion pour émettre la leur.

Peu de monde, *a priori*, avait prévu de l'attendre à la gare. N'avait-on pas mieux à faire… ? Non, en journée, les festivaliers n'avaient rien de mieux à faire. On disait que Petula Stark y serait, des journalistes aussi. Moshe pouvait avoir assisté aux répétitions de ce nouveau *Ring*. Peut-être détenait-il des informations et les réservait-il à ceux qui, gentiment, seraient venus l'accueillir. À tout le moins, c'était un homme d'esprit : il lancerait forcément une ou deux plaisanteries qu'on ne voulait pas rater. Ainsi, séduits par la fantaisie du projet, de nombreux festivaliers convenaient de rendez-vous pour lundi, midi, sur le quai de la gare.

Ces festivaliers venaient à Bayreuth depuis plusieurs années, voire décennies. Leur mois d'août était consacré à Wagner. De septembre à juillet, ils végétaient musicalement, trompant leur spleen dans des salles d'opéra dont aucune ne valait celle de Bayreuth. Ils connaissaient tous les chanteurs wagnériens, même et surtout les plus anciens qu'ils n'avaient pu entendre. Ils parlaient de Wilhelmine Schröder-Devrient et de Ludwig Schnorr von Carolsfeld, morts avant les premiers enregistrements sonores, comme d'artistes familiers dont ils auraient conservé, intacte au fond de leur oreille, la voix légendaire… Ils évoquaient les mises en scène d'Ewald Dülberg, Jürgen Fehling, László Moholy-Nagy, comme s'ils y avaient assisté. Ils regrettaient la « grande époque » que certains situaient dans les années 1920, d'autres, dans les années 1950. Pour autant, ils n'étaient guère passéistes. Pourvu que le travail d'un metteur en scène, d'un chef d'orchestre leur parût sérieux, ils pouvaient approuver les choix les plus déconcertants. Ils connaissaient les noms, les dates, tout ce qui, de près ou de loin, avait trait à Wagner et à son art total fusionnant musique, théâtre, poésie, narration. À ces arts s'ajoutait celui de la critique. L'œuvre du Maître est trop complexe pour se passer d'exégètes. Elle est trop belle pour qu'on puisse excuser celui qui la salit. Encore doit-on comprendre « l'esprit de l'œuvre », définir où s'arrête l'interprétation, où commence la trahison. Pour cela, il faut être juge et poète, mélomane, historien, philosophe. C'est un art total au sein de l'art total, une discipline dans laquelle se sont illustrés Nietzsche, Baudelaire, George Bernard Shaw, Thomas Mann et de purs critiques comme Eduard Hanslick, Julius Korngold, Guido Adler, Ernest Newman – une lignée dont l'actuel représentant était Moshe Griebnisch.

« Quand arrive-t-il, déjà… ? » s'enquérait parfois un festivalier étourdi. D'autres fois, un néophyte demandait timidement qui était Moshe Griebnisch. Il recevait une salve de regards incrédules, à laquelle succédait une traînée de sourires et de « hum ! » suggérant qu'il y avait trop à dire… Moshe était, pour certains, le plus grand critique de tous les temps. Né en 1945 dans une Munich rasée, il régnait sur Bayreuth depuis quatre décennies, précisément depuis le mois d'août 1976 où, par un long article paru dans les *Bayerische Musikblätter*, il avait encensé le *Ring* dit « du centenaire ». Ce *Ring* et son article avaient déclenché l'hystérie. Seuls quelques wagnériens s'étaient ralliés à son avis, plus nombreux l'année suivante, davantage celle d'après ; finalement, la quasi-totalité de la communauté. Il avait critiqué plus de mille spectacles, rédigé une trentaine d'essais marqués par l'évolution de son goût, une passion successive pour chacun des dix « opéras de maturité ». Il était l'auteur de sommes sur la dramaturgie, l'harmonie, l'orchestration wagnériennes, d'un catalogue recensant deux cent huit leitmotivs, d'opuscules de référence sur « l'accord de *Tristan* » et le prélude de *Lohengrin*, d'âpres études où sa science confinait à l'ésotérisme, d'autres, plus libres, où ses idées évoquaient des coups de brosse jetés sur une toile.

Cette activité, prolifique et reconnue pour sa qualité, n'était pourtant pas sa spécialité. Ce que Moshe préférait écrire, et son public lire, étaient ses critiques sur le vif, *a fresco*, prêtes dans son esprit dès la chute du rideau, publiées le soir même sur son blog et les réseaux sociaux : Facebook toujours, Instagram pour partager les photos d'une mise en scène hideuse ou magnifique, parfois Twitter pour condenser son opinion en des termes aussi définitifs que « Parsifade », « Apprentis chanteurs », « *Vaisseau fantôme* à la Scala : où est le capitaine ? ». Une salle d'opéra est une arène. On n'y triche pas. À la fin du combat, le pouce du critique se baisse ou se dresse, et si une représentation contient toujours des éléments de qualité variée, chacun d'eux puis l'ensemble doivent être jugés clairement. Dans un même spectacle, Moshe pouvait souligner « l'intelligence de l'éclairage » et la « confusion du propos scénographique », des « violoncelles à se damner » et des « cuivres à peine dignes d'une fanfare municipale ». D'une chanteuse qui lui avait plu, il louait sa « diction cristalline », ses « cordes vocales en airain », sa « performance très engagée » ; si sa performance avait été suffisamment « engagée », il l'élevait au rang d'« artiste majuscule », de « comète », de véritable « torche vivante » alors que, moins chanceuse, sa partenaire se voyait qualifiée de « braillarde à faire taire », voire « à mettre au cachot ». Moshe pouvait être violent ; le plus souvent, pour tuer, il se contentait d'une litote, déclarant tranquillement que tel ténor ou baryton n'entrerait pas dans la légende. À Bayreuth, il avait démoli quatre Tétralogies, en avait distingué trois. Il avait porté aux nues quelques dizaines d'artistes ; la carrière des autres avait reçu l'un de ces coups dont on se remet difficilement.

Voilà ce qu'apprenait le néophyte. Ce n'était pas tout. Des rumeurs entouraient Moshe Griebnisch. Son oreille était réputée assez fine pour repérer une fausse note dans le final explosif du *Crépuscule des dieux*. On prétendait qu'il avait été enfanté sur l'ouverture des *Maîtres chanteurs* ; qu'il ne prenait jamais l'avion avant une représentation de peur que les variations de pression n'abîmassent ses tympans. Certains affirmaient que dans sa jeunesse, Bayreuthien primesautier, il avait giflé son voisin de strapontin qui avait osé applaudir à la fin du premier acte de *Parsifal*[2]. D'autres croyaient se souvenir

2. *Parsifal* étant un « festival scénique sacré », par tradition, les puristes n'applaudissent pas à la fin du premier acte qui se clôt par une communion religieuse.

d'un *Tannhäuser* dont les décors lui avaient tant déplu qu'il avait enfilé un masque de nuit, ce qui d'ailleurs ne l'avait pas empêché, dans l'article incendiaire qui s'était ensuivi, de saluer l'orchestre et la distribution.

La plupart de ces histoires relevaient du mythe. Ce qui était sûr, en revanche, c'est que Moshe vieillissait. Son alcoolisme était notoire. Ses déplacements, ses critiques se faisaient de plus en plus rares. Même pour Wagner, l'étendue de sa passion s'était réduite au fil des ans, elle avait cessé de recouvrir l'intégralité de son œuvre, d'embrasser chaque ligne qu'avait composée le Maître. Désormais, seul l'intéressait le *Ring*, au sein duquel le *Crépuscule*, tel un trou noir, aspirait toute son attention. Les commentaires allaient bon train. On disait que le « dieu Moshe » se reconnaissait en Wotan[3]*, qu'il approchait de la fin… On s'en effrayait un peu, on s'en réjouissait secrètement. Car tous les wagnériens, même les fanatiques de *Tristan* ou de *Parsifal*, admettent que la Tétralogie est le *magnum opus*. Or, une nouvelle Tétralogie, à Bayreuth, il n'y en a pas tous les ans. C'était peut-être la dernière à laquelle Moshe Griebnisch assisterait, celle pour laquelle il tirerait tous les feux de son génie critique.

« Mon cher Moshe, que vous avez bonne mine ! »

C'était partiellement vrai. Moshe s'était empâté. Son corps massif tendait la toile de son polo Lacoste et d'un

---

3. Les personnages, lieux et objets décrits dans le glossaire synthétique en fin d'ouvrage sont signalés, à leur première occurrence, par un astérisque.

jean qui tombait sur une paire de Stan Smith neuves, du moins impeccables. Sa barbe grise fraîchement taillée, sa chevelure gominée vers l'arrière donnaient l'impression qu'il sortait de sa salle de bains. Une montre en acier brillait à son poignet, une chaîne à son cou qui exhalait de fiers effluves d'eau de Cologne. Il bombait le torse. Cependant, le simple fait d'être descendu du train semblait l'avoir essoufflé. Ses traits étaient tirés, son teint farineux. Comme il avait les yeux noirs sous de longs cils charbonneux, son visage évoquait celui d'un comédien qui aurait forcé sur le maquillage. Son nez, surtout, inquiétait. Moshe l'avait toujours eu gros, un peu vérolé, mais il s'était méchamment boursouflé sous l'effet de l'alcool. On ne voyait que lui. Avec ses rougeurs, son réseau de veinules, il racontait toute une histoire qu'on devinait triste.

Face à lui, Petula rayonnait franchement. Elle n'avait pas pris une ride – « Ni un centimètre ! » plaisanta Moshe, qui la dominait d'une bonne tête. Depuis qu'il la connaissait, elle paraissait figée entre deux âges. Une silhouette de quadragénaire boudinée mais tonique et de beaux cheveux blancs, coupés court, savamment ébouriffés, de grand-mère excentrique. Ajoutez à cela des fantaisies d'adolescente quand, les soirs de concert, elle s'affublait de collants arc-en-ciel, d'un casque ailé, d'un bustier métallique aux protège-seins pointus ; quand, sans raison particulière, elle égayait sa chevelure de mèches vertes ou bleues, son front d'un point rouge, ses mains de henné… Née à Vienne, résidant à Bayreuth mais voyageant beaucoup, Petula Stark se définissait comme une « wagnérienne du monde ». Elle avait introduit un renouveau dans les productions du festival, qu'elle montait elle-même ou par les soins de jeunes talents, lesquels, pour être choisis, devaient partager ses vues. Elle aimait transposer les œuvres du Maître dans un cadre inattendu, souvent en prise avec l'actualité. Son dernier *Vaisseau fantôme* avait eu pour vaisseau une barge de migrants, l'un de ses *Lohengrin* se déroulait sur Mars. Elle avait défrayé la chronique en créant le premier *Tannhäuser* musulman et par son *Ring* à charge contre l'Union européenne, où Wotan et Fricka* étaient personnifiés par le couple Macron-Merkel. Moins politique mais plus spectaculaire : elle seule avait osé, sur les planches sacrées de Bayreuth, mettre en scène un combat à dos d'éléphant, neuf Walkyries*-motardes chevauchant neuf Harley-Davidson, le déraillement d'un train de marchandises, une pluie de sauterelles, un tsunami.

Ce jour-là, elle s'était habillée sobrement, tout en noir. Seules surprenaient cette hermine synthétique, que, malgré la chaleur, elle s'était jetée sur les épaules, et cette houppe qu'un puissant spray de laque avait pétrifiée sur sa tête, tel un diadème.

« Mais ! s'étonna-t-elle. Vous êtes venu sans votre chatte ? »

Cet animal, que Moshe avait adopté deux ans auparavant, Petula ne l'avait vu qu'en photo. Il lui inspirait de fréquentes plaisanteries à base d'ironique jalousie, comme si son ami avait cédé à une passion sénile qui le retenait loin d'elle et de Bayreuth, le détournait du droit chemin wagnérien. Moshe l'avait appelé Minna. Convaincue d'une référence à Minna Planer, Petula voyait dans ce nom la preuve du mal[4]. Elle feignait de toujours l'oublier pour l'entendre à nouveau, et le déplorer. Une fois de plus, à peine se le fut-elle fait rappeler qu'elle acquiesça tristement et, se retournant, jeta derrière elle un soupir du genre : « Minna... Je vous l'avais dit... »

Le soleil était au zénith. La chaleur, écrasante, en avait dissuadé plus d'un de venir. Ils n'étaient finalement qu'une dizaine sur le quai de la gare, mais c'étaient les fidèles, et leur nombre suffisait à produire l'effet d'une troupe.

« Ma chère, inutile d'être jalouse... Minna est belle, c'est sûr, mais l'agate de ses yeux ne vaut pas l'émeraude des vôtres.

– Moshe Griebnisch, vous êtes un flatteur...

– Un flatteur... ? répéta celui-ci, posant sur son sternum cinq doigts offusqués. Comment donc ? Pour que je puisse vous flatter, il faudrait que votre beauté ne soit pas absolue, que vos charmes soient incomplets... Peut-on flatter une rose ? »

Joignant le geste à la parole, le critique fit apparaître une rose jaune qu'il remit à la directrice du festival. Dans le même temps, ne lui laissant aucun répit, il saisit sa main libre pour y déposer un baiser. Petula Stark aurait voulu se défendre mais l'attaque avait été trop bien menée. Vaincue, pâmée, elle roulait autour d'elle des regards impuissants.

---

4. Minna Planer, la première épouse de Richard Wagner. Certains wagnériens lui reprochent d'avoir entravé les ambitions de son mari.

« Ô délices pleins de malice… Qu'y a-t-il pour l'homme de plus puissant qu'une femme… ? »

Moshe avait chuchoté cela, paupières closes. Petula huma la rose qu'il lui avait offerte et s'exclama :

« Si beau, si fort, si adorable ! »

Dans leur dos, hilares, les fidèles admiraient leur esprit et leur talent d'acteur. Cette scène était rituelle. Elle survenait chaque année, quasi identique. Seules variaient la couleur de la rose, les répliques échangées. Ce jour-là, Moshe avait opté pour les mots de Tristan, audacieusement collés à la question de Loge* dans *L'Or du Rhin*[5]. Petula lui avait répondu d'un triple compliment emprunté au *Crépuscule des dieux*, dernier acte, quand les Filles du Rhin* tentent de séduire Siegfried* pour l'empêcher de courir à sa perte[6]. Ils étaient en forme. Cela promettait de belles parties d'un jeu qui ne se limitait pas à leurs retrouvailles. Dès que Moshe et Petula conversaient, chacun recherchait à part soi un mot approprié, issu d'un opéra du Maître. Les idées jaillissaient de situations variées, souvent au mépris de la stricte réalité. Si, par exemple, en se promenant, ils passaient devant un troène, Moshe pouvait déclamer : « Le parfum du sureau est si doux, si fort et plein[7]… »

---

5. « *O Wonne voller Tücke !* » (Tristan, *Tristan et Isolde*, acte I). « *Was wohl dem Manne mächt'ger dünk', als Weibes Wonne und Wert ?* » (Loge, *L'Or du Rhin*). Toutes les traductions sont de l'auteur.
6. « *So schön ! So stark ! So gehrenswerth !* » (les Filles du Rhin dans *Le Crépuscule des dieux*, acte III).
7. « *Was duftet doch der Flieder so mild, so stark und voll !* » (Hans Sachs, *Les Maîtres chanteurs de Nuremberg*, acte II).

Les grivoiseries n'étaient pas interdites. Dans les jardins du *Festspielhaus*, on se racontait encore cette fois où Moshe, louchant sur le décolleté de son amie, s'était écrié : « Ce n'est pas un homme[8]… ! » Plus le détournement était discret, plus il triomphait. Au cours d'un dîner où le critique s'attardait aux toilettes, Petula avait déchaîné rires et applaudissements en s'inquiétant : « Il ne revient pas[9]… » Encore fallait-il que le mot fût remarqué. L'œuvre est si vaste que certaines citations passaient inaperçues. Dans ce cas, l'élégance commandait de se féliciter soi-même sans signaler aux autres ce qu'ils avaient raté.

« Bon, fit Petula dont le temps, en période de festival, était sévèrement compté. On y va ?

– On y va. »

La tombe de Richard et Cosima était aveuglante de lumière. À cette heure, les arbres ne lui faisaient aucune ombre. Le soleil s'écroulait dessus, reflété si puissamment par la dalle de marbre que Moshe et Petula avaient dû se protéger les yeux : elle d'une paire de Maui Jim, lui d'Aviator qu'il croyait à la mode. Il portait aussi une casquette toute froissée que Petula avait extirpée de son sac, aspergée d'eau et lui avait imposée, craignant qu'il n'attrapât une insolation. Derrière eux, les fidèles patientaient en silence.

8. « *Das ist kein Mann !* » (Siegfried, *Siegfried*, acte III).
9. « *Er kehret nicht zurück !* » (Élisabeth, *Tannhäuser*, acte III).

Comme chaque année, Moshe avait souhaité se rendre directement de la gare à « Wahnfried », cette propriété où les illusions du Maître avaient « trouvé leur paix[10] ». Les illusions, également les tourments d'une existence passée à chercher de l'argent et des protections, à fuir devant les mandats d'arrêt et les maris furieux, à rejoindre Zurich, Venise, Palerme, Paris, Londres, Riga, Saint-Pétersbourg pour tenter d'y prouver son génie, une vie sur les chemins de fer, de terre, puis dans la boue de Bayreuth lorsque, enfin, à cinquante-neuf ans, réalisant son rêve le plus fou, il avait posé la première pierre du Palais des festivals. Richard Wagner avait cru en lui-même quand personne ne le faisait. Mieux, il avait ignoré les succès qui lui indiquaient la mauvaise direction. Il avait suivi son étoile contre vents et marées, « *durch Sturm und bösen Wind*[11] ». Il s'était acharné. Il s'était épuisé. Son repos était mérité. Sa mort, cependant, n'avait-elle pas été le début des pires ennuis, la condition pour que ses idées pussent être récupérées, son œuvre trahie ?

Moshe et Petula étaient préoccupés par d'autres questionnements. Sous les verres fumés de leurs lunettes, ils ne pensaient ni au Maître ni à son œuvre en général, seulement au *Ring* qui démarrait le soir même. L'un

---

10. « Wahnfried » est la propriété que Richard Wagner a fait construire pour sa famille et lui à Bayreuth. Ce nom est lié à l'inscription gravée sur la façade : « *Hier wo mein Wähnen Frieden fand – Wahnfried – sei dieses Haus von mir benannt* » (« Ici où mes illusions trouvèrent la paix – Wahnfried – ainsi je nomme cette maison »).

11. *Vaisseau fantôme*, acte I.

et l'autre jouaient leur réputation. Depuis que Petula dirigeait le festival, le prestige de celui-ci déclinait. Le délai pour obtenir des places, qui avait atteint treize ans, n'était plus que de quatre ; en réalité, on pouvait désormais s'en procurer à la dernière minute et le public, parfois, comportait l'impensable : des trous. En cause, les mises en scène de Petula et de ses « jeunes talents », pas tous talentueux. Il y avait eu un *Tristan* apprécié, un *Parsifal* correct. Pour le reste, seul Moshe défendait systématiquement les choix de son amie. Étant qui il était, il semait le doute, retenait les autres d'attaquer frontalement, de dire tout haut le mal qu'ils pensaient de Petula. Mais ce mal se disait, bas, à la sortie de l'opéra, pendant les entractes et même, ce qui montre combien le niveau avait baissé, au cours de certaines représentations.

Bayreuth est une affaire de duos. Il y avait eu Richard et Louis II de Bavière, Richard et Cosima, Cosima et Siegfried, Siegfried et Winifred, Winifred et Hitler. Il y avait eu la guerre, un coup de balai, puis Wieland et Wolfgang Wagner, Eva et Katharina Wagner, Katharina et Christian Thielemann, Petula et Moshe. Elle avait besoin de son soutien, lui, du piédestal qu'elle lui réservait chaque été. Sans lui, elle risquait de se faire lâcher par tout le monde. Sans elle, il perdait ses privilèges. S'ils se fâchaient, il pouvait la rôtir au feu de ses critiques ; elle, le frapper d'« *Hügelverbot*[12] ». Ils avaient intérêt

12. « Interdiction de colline », celle sur laquelle se dresse le Palais des festivals. Procédé inauguré par Cosima Wagner pour exclure de Bayreuth de nombreux artistes juifs, repris après la Seconde Guerre mondiale par

à s'entendre. Cela fonctionnait, quoique de moins en moins bien. Les wagnériens peuvent être grégaires mais ne sont pas aveugles. Ils voyaient bien que Petula était une piètre directrice, que Moshe avait perdu en objectivité. Les lecteurs des *Bayerische Musikblätter*, notamment, n'avaient pas compris son enthousiasme face au *Tannhäuser* musulman. Parmi d'autres éloges, Moshe avait écrit : « Sainte Élisabeth de Hongrie voilée, Wolfram von Eschenbach en djihadiste repenti, ne touche-t-on pas à la profonde, l'universelle vérité de ces personnages… ? » Non, les lecteurs des *Bayerische Musikblätter* ne le pensaient pas. Ils avaient jugé cette production, au mieux, hasardeuse et s'étonnaient des compromissions de Moshe, sans cesse plus flagrantes.

Outre ses mises en scène, on reprochait à Petula ses choix de chefs d'orchestre dont aucun, depuis Thielemann, n'était arrivé à la cheville de Karajan, au talon de Furtwängler, à la plante du pied de Knappertsbusch… ! Sa personnalité qu'on disait instable. Sa gestion financière du festival, réputée désastreuse. Petula était sur une trappe. En cas d'ouverture, Moshe tomberait aussi, à moins qu'il ne tombât le premier et ne l'entraînât avec lui ? Leur destin était lié. Les festivaliers avaient oublié le *Ring* eurosceptique, ils étaient prêts à passer l'éponge sur le *Tannhäuser* musulman et le *Lohengrin* martien, mais ils ne pardonneraient pas une nouvelle mascarade. Soit cette Tétralogie était réussie

---

Wieland et Wolfgang Wagner pour en chasser leur mère Winifred, on ne peut plus compromise auprès du régime nazi.

et l'on retiendrait qu'au terme d'années difficiles Petula Stark avait su imposer un style compris dès le début par son génial ami, soit l'aventure, du moins la crédibilité, s'arrêterait là pour eux.

Une autre possibilité était qu'elle tombât seule. Leur destin était certes lié mais contrairement à elle, lui pouvait trancher la corde. Si le *Ring* échouait, il n'avait qu'à l'étriller en écrivant dans les *Musikblätter* que cette production faisait honte à Wagner, un maître que Mme Stark n'était plus digne de servir. Si nécessaire, il pouvait aller jusqu'au *mea-culpa*, se repentir d'une trop longue complaisance, jurer qu'elle était révolue. Ce serait la fin d'une amitié, bien sûr, mais l'amitié est une chose civile, Bayreuth un lieu sacré.

« Amen, fit Petula.

– Amen », répéta Moshe par une sorte de politesse, surpris que ce mot eût jailli de Petula : depuis quand priait-elle ?

Une tradition voulait que les festivaliers gravissent à genoux la « Colline sacrée ». Une autre, qu'ils dormissent en pension, non à l'hôtel. C'était plus conforme à l'esprit d'un festival que Richard Wagner avait conçu pour être une expérience mystique, démocratique, au-dessus du confort et des barrières sociales.

La première tradition s'était perdue, la seconde flanchait. Des wagnériens, même orthodoxes, s'offraient désormais une chambre dans l'un de ces établissements dont le nom, comme celui de nombreuses rues, faisait référence au Maître, sa vie, son œuvre. On trouvait par exemple un hôtel Nibelheim* sur la Rheingoldstrasse, une Casa Nietzsche sur le Rienziweg, un luxueux complexe surplombant les arbres du Cosimapark. Moshe refusait d'en entendre parler. Resté intransigeant sur ce point, il dormait chez l'habitant. Il y avait eu ce couple de luthériens, peu bavards, qui avaient cessé de recevoir après la naissance de leur cinquième enfant. Ce brave M. Schmidt qui s'était brisé le dos en glissant sur une plaque de verglas. Puis, sept étés de suite, Moshe avait séjourné chez les Wurtzmischendorf, des gens adorables, qui venaient hélas de déménager. Il avait donc fallu, en urgence, lui trouver un nouvel habitant. Petula s'en était occupée personnellement.

« Madame Wagner ? » s'étonna Moshe en apprenant le nom de sa logeuse.

Il se doutait que ce patronyme ultra commun relevait du hasard, mais il était d'humeur badine.

« Une descendante cachée ? Toi qui l'as vue, dis-moi, a-t-elle le front de Richard, le nez de Cosima… ?

– Regarde où tu marches, tu as failli me rentrer dedans avec ta valise ! »

Ils arpentaient les rues reliant « Wahnfried » à la maison de Mme Wagner. Distancés par la marche nerveuse de Petula, que Moshe suivait en se concentrant sur sa respiration, les fidèles se trouvaient trop loin pour les entendre. Au vouvoiement, aux citations subtiles, à la comédie qu'ils jouaient en public en avait succédé une autre, plus taquine. Ils venaient d'arriver sur la Siegfried-Allee, cette route impeccable, bordée de frênes et de lampadaires, qui mène au pied de la Colline sacrée.

L'air vibrait au-dessus du goudron. Plus loin, perché, le Palais des festivals émergeait d'une légère brume de chaleur.

« Je ne m'en lasse pas…, souffla Moshe qui s'était arrêté, ému.

– Moi non plus », dit Petula.

Ils attendirent le groupe. Dès qu'ils eurent traversé la route, Moshe reprit une voix, des manières destinées moins à son amie qu'au public trottinant derrière eux.

« Chère Petula, voici une heure que je suis arrivé, deux ans que j'implore des indices, et vous ne m'avez encore rien dit au sujet de ce *Ring*. Souhaitez-vous réellement que je meure de curiosité ? Soyez bonne, épargnez-moi, révélez-moi ce que vous et ce Français – comment s'appelle-t-il, déjà ? Louis Baumette ? Fleurette… ? »

On l'aida.

« Forette, merci. N'essayez pas de me faire croire qu'il a eu carte blanche, je suis sûr que cette production est un travail conjoint. Je soupçonne même que, de ce travail, Forette soit l'artisan, vous, l'architecte. Alors dites-moi, quel genre d'audaces avez-vous osées ? Après les sauterelles, les éléphants, quelles bêtes inaugureront les planches de Bayreuth : des autruches, un phoque ? À moins que vous n'ayez, pardonnez l'expression, "mis le paquet" sur les effets spéciaux ? Verra-t-on Hunding* et Siegmund* se battre à coups de sabre laser, des Walkyries pilotes d'hélicoptère ? »

« Taratata ! » semblait dire Petula de son air mutin, de sa démarche énergique qui faisait rebondir sa poitrine. Moshe se moquait de ses « audaces » ? Sous couvert d'humour, il laissait entendre qu'un de ces jours, peut-être, il cesserait de la soutenir ? Qu'à cela ne tienne, il devrait, comme tout le monde, attendre que le rideau se lève pour découvrir ce qu'il y avait derrière. Petula n'avait pas l'intention de parler. De toute façon, ils arrivaient chez Mme Wagner, qui était en train de jardiner. Vêtue de blanc, coiffée d'un chapeau de paille, elle arrosait un massif d'hortensias. Le jet d'eau scintillait dans le soleil. La maison, proprette, était entourée d'une haie si basse que Petula, malgré sa petite taille, aurait pu l'enjamber. Il n'était pas question d'entrer par effraction, elle chercha du regard un portillon. N'en voyant pas, elle plaça ses mains en porte-voix et s'écria :

« Madame Wagner !

– Cosima ! » renchérit Moshe, pour plaisanter.

Il reçut une tape qu'il feignit de ne pas comprendre. Puis, employant sa voix de basse pour aider son amie, tonna :

« Madame Wagner ! »

Cette fois, elle entendit, tourna la tête et demeura ainsi, son jet d'eau en l'air, le regard froncé dans l'ombre de son chapeau. Un malaise indéfini perturbait Moshe depuis son arrivée à la gare. Ses rapports avec Petula avaient toujours été faux mais quelque chose, cette année, dissonait particulièrement. Le ciel était trop bleu, tout semblait trop parfait. Il pressentait un drame comme on pressent l'orage. Son inquiétude se mua en angoisse tandis que Mme Wagner, immobile, nimbée d'une lumière publicitaire, arrosait dans le vide. On eût dit qu'une anomalie avait suspendu la course du monde, bloqué son mécanisme, mais déjà la machine se remettait en branle. Mme Wagner accourait, embrassait Petula, se réjouissait d'accueillir un festivalier aussi prestigieux que Moshe Griebnisch.

« Vous me gênez… », prétendit-il, commençant à franchir la haie pour rejoindre son hôtesse.

Celle-ci, affolée, l'en dissuada. Elle préférait qu'ils se rejoignissent de l'autre côté de la maison, où se trouvait le portillon. De là, Moshe serait conduit à la chambre qu'elle avait préparée, elle le lui assura, avec le plus grand soin.

« Excellent, se réjouit-il, allons-y. »

La chaleur et le voyage l'avaient fatigué, la soirée promettait d'être longue et cruciale, un peu de repos lui ferait du bien. Avant de suivre Mme Wagner sur le chemin pavé qui menait à sa maison, il trouva néanmoins l'énergie de s'incliner devant Petula et, pour la joie des fidèles massés autour d'eux, prenant délicatement sa main, minauda : « De ces yeux délicieux, je ne peux m'éloigner[13]… »

Les Lapins franconiens étaient sis au croisement de la Gurnemanzstrasse et du Walkürenweg. C'était une maison de briques rouges. Pour entrer, il fallait gravir trois marches, s'avancer dans l'ombre d'un renfoncement, à l'aide d'une patte de lapin en fonte cogner contre le bois noir d'une porte sur laquelle, pendu à la poignée

---

13. « *Seh' ich diess wonnige Auge, von dem Weibe lass' ich nicht ab !* » (Fasolt, *L'Or du Rhin*).

qu'il dissuadait de toucher, un écriteau ordonnait : « *Bitte warten* ». Quatre carreaux foncés ne laissaient qu'entrevoir ce qu'il se passait à l'intérieur. Les soirs d'affluence, si le patron vous entendait, s'il daignait vous ouvrir, vous plongiez brusquement dans une clameur assourdissante, une moiteur virile, une odeur presque palpable de sueur, de malt, de chou, de saucisse grillée… Mais restons dehors un instant. De part et d'autre du renfoncement, deux lanternes évoquaient, dans la nuit, celles d'une calèche en faction. Plus haut, éclairée par en dessous d'une façon inquiétante, une enseigne en forme de lapin. En fait deux lapins symétriques, soudés par la queue, qui projetaient sur le mur l'ombre d'autres lapins, tout un clan gigantesque et difforme. Jadis, l'enseigne avait été peinte. Les anciens se souvenaient de couleurs éclatantes, de somptueux caractères gothiques proclamant fièrement le nom de l'établissement ; en petites lettres liées y avaient figuré le prénom du patron et celui de son épouse, qu'on disait belle, morte à trente ans, mais dont personne ne savait rien de sûr. Quoi qu'il en soit, il ne restait de cette enseigne qu'une structure de fer rouillé sans aucune inscription.

Les Lapins, comme abrégeaient les habitués, tournaient le dos à la Colline sacrée. Du jardin arrière, qui en été servait de *Biergarten*, on eût pu contempler le Palais des festivals sans ces thuyas que le patron avait plantés lui-même et laissé prospérer, défendant quiconque de les élaguer. M. Schopenhauer – on l'appelait ainsi – nourrissait des griefs envers Richard Wagner.

Depuis 1876, le monde réduisait Bayreuth à son festival. Partout sur terre, lorsqu'on évoquait Bayreuth, le nom de Wagner surgissait instantanément. Pour expliquer l'importance de Bayreuth, on parlait de Wagner. Dans les pages d'un guide touristique consacrées à Bayreuth, on n'en apprenait que sur Wagner. Or la ville avait existé, existait en dehors de lui. D'abord elle abritait, en son centre et ses environs, un superbe opéra rococo, deux châteaux, quatre musées, une université d'envergure internationale. Elle avait rayonné à l'époque de la margravine Frédérique Sophie Wilhelmine de Prusse, sœur de Frédéric II; Voltaire y avait séjourné, l'écrivain Jean Paul y avait vécu, Liszt y était mort. De cela, toutefois, M. Schopenhauer se fichait un peu. La grande histoire le concernait moins que la petite, celle des racines, des traditions. Bayreuth se situait en Haute-Franconie, près de la Suisse franconienne et de ses forêts moussues. C'était une terre de paysans, le monde des grosses culottes de cuir, des chopes qui claquent et du porc qui crépite en rendant sa graisse. Richard Wagner, cet apatride, qu'était-il venu faire ici ? Ces nuées de festivaliers qui débarquaient et repartaient par avion, en train, au volant de leur Porsche, pour qui se prenaient-ils ? Le festival était une verrue, un McDonald's au milieu d'un champ. Ce qui, plus encore, écœurait M. Schopenhauer, c'était que sa ville se fût prostituée d'elle-même. Il maudissait ces bourgeois à besicles qui, dès l'origine, s'étaient courbés devant le Maître pour s'en mettre plein les poches. Il en voulait aux maires qui avaient encouragé le pullulement des hôtels et des boutiques de souvenirs, érigé des statues de Richard Wagner partout, rebaptisé de façon absurde ces rues où lui, ses parents, les parents de ses parents étaient nés. Ça continuait. Chaque année, de nouvelles rues étaient rebaptisées. Jusqu'où irait-on ? Bayreuth deviendrait-elle « Wagnerstadt » ? Pour le bon plaisir des festivaliers, les autochtones auraient-ils obligation de se déguiser ? de prénommer leurs garçons « Sieg-quelque chose », leurs filles « Brünn-machin » ? À défaut de pouvoir dynamiter le Palais des festivals, le patron des Lapins franconiens s'épargnait, avec ses thuyas, une vue désagréable. Du peu qu'il connaissait de la musique de Wagner, il n'avait rien contre. Dans un bon jour, il aurait pu admettre le talent du compositeur. Peut-être même, dans un jour excellent, aurait-il concédé que le festival n'avait pas apporté que du mauvais. Mais mieux valait, selon les mots qu'il grommelait souvent, « ne pas trop l'emmerder avec toutes ces conneries ».

M. Schopenhauer n'était pas commode. Cela se voyait d'emblée à ses sourcils blancs hérissés comme deux palanques ; à sa bouche, éternellement serrée sous une moustache à la Bismarck ; à ses mains qui n'étaient pas faites pour jouer du clavecin. Il portait des chemises à carreaux sous d'amples pantalons de velours côtelé, ceinturés d'une besace contenant sa caisse, une liasse de sous-bocks, divers ustensiles qui tintaient à chacun de ses pas. Pour établir le montant de votre addition, il s'asseyait à côté de vous, tirait de sa poche un calepin, de son oreille un crayon, s'abîmait dans une réflexion nébuleuse. S'il se trompait dans son calcul, s'il vous avait servi une bière pleine de mousse, il était préférable de ne pas le lui signaler. Au mieux, vous écopiez d'un long regard hostile ; au pire, d'une explication que vous n'étiez pas près d'oublier. On relatait qu'un soir il avait fracassé une chope sur le crâne d'un client qui s'était aventuré derrière son comptoir. Fondée ou non, cette histoire avait fait de lui M. « *Schopen-hauer* », littéralement le « briseur de chope ».

Rien n'indiquait que, de son vivant, un lien pût s'établir entre les Lapins franconiens et le Palais des festivals. Celui-ci avait ses buvettes que les festivaliers prenaient d'assaut aux entractes, ne jugeant pas excessif de payer vingt euros un bretzel décongelé et une coupe de faux champagne ; ceux-là avaient leurs habitués qui, pour le même prix, engloutissaient un litre de vraie bière, quatre saucisses de Nuremberg, un jarret de porc en sauce flanqué de généreux *Knödel* et d'une montagne de choucroute au vin. Deux univers distincts. Jusqu'à ce qu'un homme s'effondrât à l'angle de la Gurnemanzstrasse et du Walkürenweg. Il était tard. M. Schopenhauer, qui venait de chasser ses derniers clients, balayait devant sa porte. Il s'était approché de l'inconnu. Son smoking ne laissait aucun doute : l'un de ces parasites qu'il ne chérissait pas. Mais enfin… Il l'avait secoué, aidé à se relever, épaulé jusqu'à son comptoir sur lequel il avait posé un verre d'eau, puis deux demis de bière. L'autre l'avait remercié, s'était excusé. Il n'en revenait pas d'avoir défailli en pleine rue… C'était à cause de ces *Maîtres chanteurs* qu'une exécution particulièrement lente avait fait durer plus de cinq heures, dans une salle qu'Hermann Peltz s'obstinait à ne pas climatiser… « Hermann Peltz ? » avait répété M. Schopenhauer. « Le directeur des infrastructures », avait précisé l'inconnu qui, de fil en aiguille, s'était mis à parler du festival, de Wagner, de son œuvre favorite, de celle qu'il aimait le moins. Il avait raconté sa première émotion de wagnérien, avoué l'ennui qui parfois le prenait, décrit les frissons qui soudain le réveillaient, les transes que lui causaient certains passages. Le patron l'écoutait en pliant ses torchons. Il le trouvait intéressant. Ses propos n'avaient rien de pédant. Il n'hésitait pas à se moquer des wagnériens, de Wagner lui-même. Il ne minimisait pas non plus le génie du compositeur, la jouissance que c'était d'être emporté par sa musique. Bien qu'il s'exprimât calmement, son regard chatoyait d'un feu ardent. À l'entendre, vivre sans Wagner n'était pas impossible, juste dommage. C'était comme voir en noir et blanc, mourir sans avoir été amoureux. Méditez ça ! Un peu plus et le bougre lui faisait regretter d'avoir raté un opéra long comme trois films dans une chaleur de four… M. Schopenhauer ne le regrettait pas mais sa curiosité avait été piquée. Entre autres, il avait demandé si ces *Maîtres chanteurs*, censés être comiques, l'étaient réellement. « Ça, non ! C'est de l'humour à la Wagner : tout sauf drôle. En revanche… » Ils avaient discuté encore une heure, bu deux autres demis, un schnaps, et pas question de régler quoi que ce soit.

Le « bougre » s'appelait Moshe Griebnisch. Il était revenu le surlendemain, puis l'année suivante. « Les wagnériens sont tristes, confia-t-il au patron. À peine sortis du *Festspielhaus*, ils rentrent à l'hôtel. Autant se farcir une messe de mariage sans le cocktail... » Après les raffinements sublimes d'une œuvre du Maître, qu'il était bon, pourtant, de parler franc en buvant de la bière fraîche ! C'était pour lui un plaisir, qui devint une habitude. Il obtint sa place attitrée au comptoir. Les habitués, les vrais, finirent par accepter cet intrus en smoking, choyé par le patron. « Vraiment... ? » semblaient dire les sourcils de M. Schopenhauer, tandis qu'il tirait une bière et que son interlocuteur, penché vers lui, rapportait les détails d'une mise en scène particulièrement extravagante. « Pfff », soupirait-il dans sa moustache en partant servir cette bière. Bientôt, il cessa de quitter son comptoir quand Moshe s'y trouvait. Il ne voulait pas perdre une miette d'un sujet qui ne l'intéressait pas en soi mais le captivait, traité par cet homme-là. Avec lui, l'opéra prenait vie. C'était comme la physique expliquée par Einstein, la guerre par Sun Tzu : sans rien connaître, on comprenait tout. Les habitués, désormais obligés, pour être servis, de venir au comptoir et d'écouter Moshe, s'en entichèrent aussi. Ils s'attroupaient autour de lui, curieux d'apprendre comment s'était déroulée la soirée, s'il y avait eu des ratés, des exploits qui entreraient dans l'Histoire. Ils l'interrogeaient. Était-ce bien dans *La Walkyrie* que mourait Siegmund ? Cette mort, y avait-on cru ? Et de la Chevauchée, qu'avait-il pensé... ? Certains connaissaient l'œuvre de Wagner mieux qu'ils ne l'avaient laissé croire. D'autres affirmaient ne rien entendre à sa musique mais en effet, maintenant que Moshe en parlait, une Chevauchée jouée adagio, c'était discutable… ! On discutait, donc. On buvait aussi. Les habitués appréciaient cet hôte raffiné mais non maniéré, éloquent sans crânerie. Sous l'influence de M. Schopenhauer, ils avaient longtemps vécu dans la haine du festival et des festivaliers. Moshe les avait réconciliés. Après tout, il était vrai que leur ville n'aurait pas été grand-chose sans Wagner. Tous avaient une cousine costumière, un oncle éclairagiste, et M. Schopenhauer créa la surprise en révélant que sa propre grand-mère avait chanté dans le chœur du festival.

L'engouement redoubla lorsqu'on découvrit que Moshe était célèbre. Les habitués en parlèrent autour d'eux et les soirs où l'on savait qu'il viendrait, les Lapins faisaient salle archicomble. On voulait le voir, l'entendre avant tout le monde sanctifier tel artiste, crucifier tel autre. On voulait la primeur du verdict. Ceux qui l'avaient eue étaient fiers, en rentrant chez eux, de jeter à leur femme qui attendait au lit : « Aïe, je n'aimerais pas être à la place de ce metteur en scène. Ses oreilles vont siffler, demain et certainement chaque jour du reste de sa vie… » Dans la rue, si un groupe d'habitués croisait une coterie de festivaliers, les premiers, stupéfiant les seconds, s'amusaient à répéter des propos qu'ils avaient entendus de Moshe. C'était la revanche des riverains sur les touristes, du peuple de Bayreuth sur l'aristocratie wagnérienne. Une petite révolution. Elle fit assez de bruit pour qu'un jour, agitant sous son nez les feuilles d'une gazette locale, Petula dît à Moshe :

« On ne parle que de toi en ville. Tu délaisses tes amis pour une société plus brillante, la fameuse clientèle des Lapins franconiens ?

Elle y vint. Frappée par la touffeur du lieu, elle le fut plus encore par la popularité que Moshe y avait acquise. Les habitués se méfièrent de cette petite femme si sûre d'elle qui empestait la laque. M. Schopenhauer tiqua lorsqu'elle lui demanda un verre de blanc. Depuis quand buvait-on du vin aux Lapins franconiens ? Ne qualifiait-il pas les personnes méprisables de « buveurs de vin » ? Pour lui, le vin était destiné à relever la choucroute. Il trouva néanmoins une bouteille de sylvaner frais et la soirée fut réussie. Moshe parlait, Petula le laissait pérorer, se contentant d'approuver son avis ou de le tempérer. Elle revint avec quelques amis, puis une foule de festivaliers voulut découvrir cette taverne où Moshe Griebnisch tenait tribune après chaque représentation. On garantissait que le patron valait le détour. Certains assuraient que les locaux, au contact de Moshe, étaient devenus d'érudits wagnériens ; que ces « après-opéra » avaient pris des allures d'école philosophique. Le dernier point était exagéré, le reste vrai, ceux qui pouvaient en témoigner le faisaient, donnant aux autres l'envie de venir aussi.

M. Schopenhauer ne vit pas cet afflux d'un bon œil. Moshe était son ami. Petula, l'amie de son ami. Soit, mais de là à servir ces hordes de peigne-cul venus des confins de l'Allemagne et même de l'étranger ? Qu'aurait dit son père… ? Qu'un sou est un sou. Or, les festivaliers en avaient beaucoup et leur toquade pour son établissement générait de belles recettes. M. Schopenhauer mit donc, qu'il nous pardonne l'expression, de l'eau dans son vin. À certaines conditions. Il n'était pas envisageable que les Lapins devinssent une foire. Dorénavant, le nombre de places serait limité. Il faudrait être assis pour passer commande. Sauf pour se rendre aux toilettes, fini les déplacements : on était là pour causer de Wagner, pas pour danser une valse de Johann Strauss, ce rigolo à ne pas confondre – Moshe avait insisté – avec l'immense Richard Strauss. Il y aurait, face à face, deux longues tables. Une pour les habitués, une pour les festivaliers. À un bout, celle de Moshe et Petula. À l'autre, le comptoir. Entre ces quatre tables ? Rien. Un espace laissé libre pour le service de M. Schopenhauer et la voix de Moshe ; un *no man's land* permettant à chacun de bien voir, bien entendre. Ceux qui n'aimaient pas ces règles pouvaient s'installer dehors, dans le *Biergarten.* Celui qui les enfreindrait ne remettrait pas les pieds ici.

Le succès fut tel que, les soirs d'opéra, des malheureux se voyaient refuser l'accès aux Lapins franconiens, arrêtés par une porte où l'écriteau, retourné, indiquait : « *Geschlossen* ». À travers les carreaux, ils distinguaient la table des habitués. S'ils attendaient assez, ils apercevaient Moshe et Petula surgir en tenue de concert, saluer leurs amis, s'installer tranquillement. M. Schopenhauer les servait en priorité. Moshe commençait à parler. Il se levait, mobilisait son corps, ses mains qu'il secouait d'une façon indignée, plaquait sur la table, contractait, détendait subitement avant de se rasseoir, de se désaltérer, de se relever deux fois plus exalté. Dans l'assistance, il arrivait qu'un débat s'engageât, tendu lorsqu'un habitué se sentait snobé ou qu'un festivalier recevait une insulte en patois. Mais l'ambiance était globalement bon enfant. Pendant les pauses, faisant fi du mur invisible qui les séparait, certains s'interpellaient d'une table à l'autre. On regrettait d'avoir, trop longtemps, vécu avec des préjugés. Les Bayreuthiens n'étaient pas tous des bœufs ; ce couple berlinois, cette dame de Paris, pas les derniers à rire quand fusait une gaillardise ! Au moment de se quitter, on s'étreignait en se disant qu'on avait, vraiment, passé une bonne soirée. Ceux qui l'avaient ratée n'en étaient que plus frustrés et se juraient, la prochaine fois, d'arriver bien plus tôt.

Vingt-trois heures. *L'Or du Rhin* approchait de sa fin. M. Schopenhauer et son établissement étaient prêts. La table des festivaliers, vide encore, luisait des coups d'éponge qu'il venait de passer. À la table opposée, vingt hommes silencieux dont certains, pour ne pas manquer l'événement, étaient venus déjeuner et n'avaient plus bougé. D'ici quelques minutes, ce serait la cohue, le calme, l'arrivée de Moshe et Petula dans ce lieu entièrement fait de bois. Un bois sombre où se lisaient la vie de chênes centenaires, la violence des coups de hache qui les avaient abattus. Une matière brute qui se déclinait en planches, en plinthes, en panneaux, en poutres auxquelles, retenus par des chaînes, pendaient un lustre en fer, une luge, des fusils de chasse, des chapelets d'ail et des cuissots carbonisés. Les murs n'étaient pas en reste. On y trouvait, posés ou accrochés selon leur gabarit, la roue défoncée d'une charrue, des porte-pipes, deux bassinoires, un samovar, de la porcelaine de Saxe, de la verroterie de Bohême et d'autres souvenirs d'une époque que M. Schopenhauer avait à peine connue, de voyages qu'il n'avait pas faits. Certains objets intriguaient, comme cette collection de cisailles rangées par taille croissante. Mais ce qui, avant que l'esprit du Maître ne s'y engouffrât, avait fait des Lapins une curiosité régionale, c'étaient, retranchés derrière une balustrade qui courait tout autour de la salle, une centaine de lapins empaillés, blottis aine contre aine dans une parfaite alternance mâle/femelle, eux costumés d'une culotte grise, d'un gilet bordeaux et d'un tricorne, elles d'un tablier bleu, d'un châle bleu, d'un chemisier écru boutonné jusqu'en haut. Ils avaient été saisis sur le vif, leurs incisives sorties, leurs narines dilatées dans une émouvante expression de sidération. Leurs yeux ronds, cependant, semblaient faussement effarés. On eût dit qu'ils suivaient le va-et-vient des clients, effectuant un discret repérage en vue d'une attaque vengeresse.

La deuxième tournée de bières arrivait. Moshe ne s'était pas encore exprimé. Avec Petula, penchés l'un vers l'autre, ils échangeaient des confidences dans le creux de la main. Elle se retenait de rire. Lui, plus modéré, acquiesçait en souriant. Son attitude suggérait qu'il avait aimé *L'Or du Rhin* mais qui savait, après la messe basse, s'il n'allait pas ravaler son sourire et fustiger cette production ?

Des journalistes et des influenceurs attendaient l'avis de Moshe pour publier le leur sur les réseaux sociaux. Plus avides étaient les habitués, qui n'avaient pas vu le spectacle. Ils sentaient avoir raté quelque chose d'important. Certains avaient obtenu des informations de festivaliers qui se montraient prudents : ils ne voulaient pas être contredits par Moshe. Sans prendre trop de risques, on pouvait néanmoins affirmer qu'il s'agissait d'un grand *Or du Rhin*, annonçant un grand *Ring*. Une production d'un niveau inatteint depuis Chéreau. « Chéreau ? » se déconcertait l'habitué engagé dans cet aparté. La meilleure mise en scène depuis 1976 ? Qu'avait-elle de si remarquable… ? Les festivaliers hésitaient à parler. Mais puisque Moshe se faisait désirer, voici l'essentiel, à garder pour soi : Louis Forette, ce Français sorti de nulle part, venait de faire ses preuves, et comment ! Il avait composé un *Ring* écologique, arrachant l'or du Rhin aux cieux de la mythologie nordique pour le jeter dans le monde actuel, bien réel, avec ses graves problèmes sociaux et environnementaux. Cette composition associait les dieux du Walhall* à une élite hyper mondialisée, pétrie de contradictions, qui sous de beaux discours se fiche pas mal de son empreinte carbone. Le nain Alberich* y devenait le type moyen, le « beauf », qu'on accable parce qu'il roule au diesel. Les géants Fasolt* et Fafner* incarnaient le tiers-monde hier exploité, réclamant aujourd'hui son dû. *Last but not least*, le trésor du Nibelung* était une montagne de smartphones dernier cri ; l'anneau*, une Apple Watch… La critique anticapitaliste n'était pas inédite. Avant Forette, Patrice Chéreau et Frank Castorf avaient transposé la Tétralogie, l'un sur fond de révolution industrielle, l'autre de guerre froide et de course au pétrole. L'innovation, c'était d'avoir placé la nature au cœur de la scénographie. Dans la légende arrangée par Wagner, tout le malheur ne vient-il pas de cette branche que Wotan a brisée pour s'en faire une lance et y graver la loi, *sa* loi ? Siegfried n'est-il pas un enfant sauvage dont la simplicité irradie face aux dieux et leurs traités obscurs ? Le plus fidèle compagnon de Siegfried n'est-il pas un oiseau, celui de Brünnhilde* un cheval ? Wagner lui-même n'était-il pas végétarien, bouddhiste sur les bords ? Des générations de metteurs en scène s'étaient concentrés sur la dimension politique du *Ring*, donnant au mot « nature » un sens vague, moins biologique

que philosophique. Louis Forette réparait l'injustice. Il remettait l'arbre au milieu du village. C'était un choix parfaitement défendable, certainement judicieux. Avant de s'engager davantage, on préférait connaître l'opinion de Moshe Griebnisch.

Comme elle tardait, un habitué légèrement éméché fit claquer le plat de sa main sur la table. Ses voisins l'interrogèrent du regard. Optant pour le jeu, il abattit à nouveau le plat de sa main, puis de l'autre, de l'une, de l'autre, en scandant à chaque fois : « *Rhein... Gold! Rhein... Gold!* » En un instant, on bascula d'un brouhaha confus à un chaos organisé, les festivaliers criant « *Rhein!* », les habitués hurlant « *Gold!* » entre deux coups de tonnerre, ceux des paumes qui faisaient rebondir les chopes, les couverts, les assiettes. On eût dit un navire propulsé par une double formation de rameurs, les festivaliers à bâbord, les habitués à tribord et vogue la galère! on frappait de plus en plus fort. Moshe souriait, l'ego flatté. Depuis son comptoir, M. Schopenhauer lui faisait les gros yeux : une bière s'était renversée, de la poussière tombait des poutres, il était temps de siffler la fin de la récréation. Le critique se leva ; d'un geste serein, il appela au calme.

« Vous désirez savoir ce que le vieux, le redoutable Moshe Griebnisch a pensé de cet *Or du Rhin*... ? »

Ses auditeurs approuvaient sa supposition, appréciaient son sens de l'autodérision.

« Je n'irai pas par quatre chemins. Il est des œuvres qui font se demander pourquoi personne n'y a pensé plus tôt. Devant un tableau de Raphaël, ne trouve-t-on pas évident qu'il fallait inventer ces couleurs, cette douceur ? Quand on lit Goethe, Shakespeare, ne se demande-t-on pas sur quoi les hommes ont pu écrire avant ? Pour moi, toutes proportions gardées, ce que nous avons vu ce soir fait partie de ces œuvres. »

Moshe allait développer son propos, examiner chaque composante de la mise en scène, montrer en quoi l'ensemble était à la fois si moderne et fidèle à l'esprit du texte. Cependant, l'essentiel était dit. Son appréciation était favorable et recoupait celle des festivaliers qui, en leur for, avaient jugé brillante, bouleversante, l'idée d'une Tétralogie « verte » assimilant le crépuscule des dieux à celui de l'espèce humaine. Ils étaient soulagés. Voilà d'innombrables années qu'ils venaient à Bayreuth pour des représentations décevantes. Enfin, ils rentreraient chez eux et pourraient se remémorer, transmettre à leurs enfants, leurs petits-enfants, le souvenir d'un grand *Ring*…

Dans la *Cinquième Symphonie* de Beethoven, l'irruption du destin est marquée par des coups d'archet imitant ceux d'un poing contre une porte. Dans notre récit, ce furent les coups d'une patte de lapin en fonte. M. Schopenhauer fronça ses sourcils hérissés. Qui s'était permis de frapper malgré l'écriteau « *Geschlossen* » ? Qui ignorait que, les soirs d'opéra, les Lapins étaient complets ? La porte s'ouvrit, poussée par un individu à l'allure improbable. La quarantaine, roux, le visage osseux criblé d'acné. Ses cheveux étaient retenus par une queue-de-cheval qui plongeait sous le col d'un long trench-coat en similicuir noir. Le reste de sa tenue était à l'avenant : chemise noire, jean noir, ceinture cloutée, boots à grosses semelles. Il se tenait voûté, les pouces accrochés aux poches de son jean, le nez en avant. Il fit trois pas vers le patron auquel il tendit, par-dessus le comptoir, une main qu'on devinait moite.

« Bonsoir », dit-il avec un accent.

Était-il anglais ? américain ? D'où qu'il fût, M. Schopenhauer n'allait pas lui danser une danse de bienvenue. Il le toisait, immobile, clairement hostile. L'étranger rangea sa main avec une mine déçue quoique compréhensive : il avait prévu cet accueil… Son attention s'égara dans la pièce. Il parut impressionné par la collection de lapins, passa en revue la table des habitués et des festivaliers qu'il salua tour à tour d'un léger hochement de tête. Petula eut droit à un salut plus appuyé. Lorsqu'il avisa Moshe, une joie malsaine sembla s'allumer en lui. Ses yeux s'agrandirent, un sourire crispé fit un trou dans sa joue. Prenant tout le monde de court, il se dirigea vers le critique en foulant l'espace interdit. Provocation ultime : il le fit sans se presser, à pas de loup, balançant son visage d'un côté, de l'autre, comme pour jauger chaque membre de l'assistance. Ce n'est qu'arrivé à destination qu'il releva le bout de son nez, tendit à nouveau sa main.

« Bonsoir », dit-il avec un accent qui ne laissait plus de doute : un Américain.

M. Schopenhauer serait intervenu si Moshe, d'un signe, ne lui avait assuré que tout était sous contrôle. Il ne comptait pas s'aplatir. Au contraire, il décida de surenchérir par un excès de cordialité.

« Bonsoir ! s'exclama-t-il en plaquant ses deux mains sur celle de l'étranger, pour mieux la secouer. À qui ai-je l'honneur ?

– Un fan.

– Je ne suis qu'un humble wagnérien, pas une star. Oserais-je vous demander l'objet de votre venue ?

– Vous écouter. »

L'étranger fixait Moshe d'une façon singulière. Lui ne le remarquait pas, occupé à lancer au public, pour le tranquilliser, des clins d'œil.

« Écouter mon bavardage au sujet de *L'Or du Rhin* ? C'est trop d'honneur ! La salle est pleine mais… »

Il s'interrompit, demanda au patron s'il était possible de trouver une place.

« Deux », corrigea l'étranger.

On s'aperçut qu'il était venu accompagné. Une femme était restée près de l'entrée, éclipsée par son numéro. Elle n'était pourtant pas discrète. Grande, forte, elle portait des talons hauts, une robe à paillettes sous un manteau de fourrure qui ne seyait ni au lieu ni à la saison. Son maquillage, ses bijoux, son brushing rappelaient les années 1980. Elle avait quelque chose de princier et de néanderthalien.

« Mon épouse », précisa l'étranger avec un zeste de fierté amoureuse, cherchant du coin de l'œil une table qui pourrait leur convenir.

Il y en avait une petite collée au comptoir, parfaite. Il l'indiqua à son épouse, ils mirent le cap dessus. M. Schopenhauer bouillonnait. Primo, ces gus n'avaient rien à faire ici. Secundo, le rouquin avait marché dans la zone interdite. Tertio, cette table n'était pas disponible : c'était la sienne, celle à laquelle il s'asseyait quand ses vieilles jambes commençaient à fatiguer. Le sentant proche de la rupture, Moshe lui adressa un geste signifiant : « Prends sur toi, s'il te plaît, ce ne sont que deux paumés… » Il hésita. Vraiment, Moshe avait de la chance qu'ils fussent amis.

« Je vous sers quoi ?

– Une bouteille d'eau minérale », répondit l'étranger après avoir consulté son épouse.

N'étant plus à cela près, M. Schopenhauer partit en chercher une.

« Où en étais-je ? fit Moshe. Bien sûr ! Cet *Or du Rhin* écologique, cet "Or vert" si j'ose dire… »

Il reprit son propos où il l'avait laissé. Son enthousiasme n'avait pas diminué. Il jugeait extraordinairement pertinente la projection du drame environnemental sur le drame wagnérien. Derechef, il s'étonna que personne n'y eût songé plus tôt. C'était pourtant dans le texte. Wotan amputant l'arbre-monde, Alberich dépouillant les Filles du Rhin… Inutile de chercher loin pour voir dans ces méfaits une faute originelle, une métaphore de l'homme piétinant la nature. On connaissait la punition : le Ragnarök, la destruction du Walhall par le feu et l'eau pour que tout disparaisse, se réassemble, recommence. Voilà ce qu'il adviendrait de la Terre quand elle brûlerait, coulerait sous l'effet du réchauffement climatique, de la montée des eaux, d'une guerre nucléaire… En parlant de Terre, l'exhortation d'Erda*

(« Renonce, Wotan ! Renonce[14] ! ») rappelait celle des scientifiques nous pressant de renoncer à nos modes de vie. La prophétie de Loge (« Ils se croient éternels mais ils courent à leur perte[15] ») se passait de commentaire. Encore plus troublante était la *Stimmung* commune aux dieux de Wagner et aux Occidentaux, tiraillés entre une volonté de puissance et la conscience de leur nocivité, le sentiment qu'au fond leur race ferait mieux de s'éteindre. Moshe énuméra d'autres analogies brillamment établies par le metteur en scène, puis il s'attaqua aux questions esthétiques.

« Ces décors, mes amis ! Les meilleurs depuis ceux de Peduzzi[16]. Et encore, lui, c'était le charme du noir, une beauté baudelairienne tandis que – rappelez-moi son nom ? – Louis Forette nous a montré la vie, les oiseaux, les poissons. Il nous a fait entendre le pouls de notre planète, voir ses splendeurs en concentré, en miniature, d'une façon naïve, peut-être, mais féérique comme le sont les crèches, les boules à neige, les lumières qu'on projette dans une chambre d'enfant. À propos de lumière, je crois avoir roulé ma bosse de wagnérien et jamais, nulle part, je n'ai contemplé un tel jeu d'éclairage. Ce Rhin chatoyant de cinquante, que dis-je, cinquante *mille* nuances de bleu… Ce Nibelheim de braises, ce Walhall de brume… Et cet arbre… Cet arbre ! »

---

14. « *Weiche, Wotan ! Weiche !* » (Erda, *L'Or du Rhin*).
15. « *Ihrem Ende eilen sie zu, die so stark in Bestehen sich wähnen.* » (Loge, *L'Or du Rhin*).
16. Richard Peduzzi, concepteur des décors du « *Ring* du centenaire ».

Cet arbre lui inspira un vrai panégyrique. Il s'agissait du frêne Yggdrasil, axe central de la mythologie nordique et de la mise en scène proposée par Louis Forette. Son équipe et lui l'avaient conçu géant, aérien, fait d'ampoules reliées en de vastes filets évoquant les froufrous d'une robe qui, au cours de la représentation, n'avait cessé de tournoyer, léviter, se recroqueviller, se déployer dans une majesté verte, jaune, blanche, mauve. Moshe en avait vu de belles choses, mais ça… !

Les volets d'un coucou venaient de s'ouvrir, libérant une bergère et une chèvre dont la cloche reçut un coup de bâton : il était une heure. Moshe devait encore statuer sur l'orchestre, les chanteurs, on l'aurait écouté volontiers mais il ne voulait pas tout dire dès le premier soir et son avis sur ces points capitaux n'était pas arrêté. Il préférait trancher après *La Walkyrie*. Il s'achemina donc vers sa conclusion qui fut un hommage à Petula Stark. Elle qui avait déniché ce Français et lui avait donné assez de liberté, et de contraintes, pour qu'il pût révéler tout son talent. Elle qui – Moshe se permit cet ajout parce qu'on était entre amis – avait été victime de critiques injustes et dont l'audace, la persévérance, le dévouement total à l'œuvre wagnérienne triomphaient enfin… Il se leva, brandit sa chope en abaissant vers Petula un regard où la fierté d'être son ami côtoyait le regret d'avoir pu douter d'elle. Elle se leva à son tour pour l'étreindre sous de sincères applaudissements. Les festivaliers partageaient les sentiments de Moshe. Eux aussi avaient douté, se réjouissaient que le doute fût dissipé. Les applaudissements s'intensifièrent, évoluèrent en *standing ovation* parcourue de commentaires qui se perdaient dans la liesse.

Une tournée de schnaps, pour fêter ça ? Non, le patron ne servait plus : il était temps de finir sa bière et de rassembler ses affaires. Tous se rassirent. On n'entendit que des glouglous puis un rire. C'était l'étranger. Jambes croisées, épaules en arrière, il semblait détendu, heureux tel le spectateur d'une bonne comédie. Quarante visages s'étaient tournés vers lui. Il souriait paisiblement. Moshe déglutit, essuya la mousse qui s'était accrochée à sa barbe et lui lança, très sûr de lui :

« Je me flatte que mes propos vous aient intéressé et même amusé, je ne les croyais pas drôles. Afin que nous puissions tous en profiter, auriez-vous la gentillesse de nous communiquer la raison de ce rire ?

– La voici : vous ne racontez que des conneries. »

Le coup de chiffon que M. Schopenhauer était en train de passer s'interrompit net. Moshe demeura interdit. Son ouïe le trahissait de plus en plus fréquemment : peut-être, sans doute avait-il mal entendu.

« Des… ?

– Conneries, confirma l'étranger. Vous vous émerveillez de ce *Ring* écologique comme de la découverte d'un septième continent, pourtant l'idée n'a rien de neuf. Elle a été mise en scène à Bangkok la saison dernière, à Buenos Aires il y a cinq ans. Avez-vous vu ces productions ? »

Le critique était trop hébété pour répondre.

« Si vous sortiez un peu de Bayreuth, vous auriez également vu, en 1998, la Tétralogie jouée dans le Grand Canyon par la courageuse troupe de l'Arizona Opera. Une production centrée sur Mère Nature, les Indiens Navajos et leurs traditions. Rassurez-moi : vous en avez au moins entendu parler... ? Passons, revenons en des lieux qui vous sont familiers. L'écologie était omniprésente dans les *Ring* de Robert Lepage et d'Otto Schenk au Met ; dans celui de Harry Kupfer, ici même, de 1988 à 1992. Au cas où ce dernier se serait effacé de votre mémoire, je vous rappelle les costumes tout de feuilles et de fleurs, le Nibelheim en laboratoire de recherche atomique... Par ailleurs, sachant que le livret, comme vous le disiez, traite explicitement de la nature et de son exploitation par l'homme, peut-on considérer qu'une seule mise en scène n'ait pas été *écologique* ? »

Cette question n'appelait pas de réponse.

« Écologique, toutefois, on ne peut dire que le spectacle de ce soir l'a été. J'ai calculé que l'arbre, à lui seul, a consommé dans les trente mille kilowatts-heure d'une électricité que votre pays, vous le savez, produit à grand renfort de charbon. »

Ce n'était pas le meilleur moment pour intervenir. Ce fut néanmoins celui que choisit Moshe, encore sonné.

« Attendez, de quoi parle-t-on ? Vous reprochez au metteur en scène d'avoir consommé un peu d'énergie ? Auriez-vous préféré un *Ring* à la bougie, des décors faits de mégots ramassés dans le caniveau ?

– Vous ne devriez pas vous moquer. Ce genre d'initiatives a été pris par des metteurs en scène tout à fait respectables, notamment Stephen Langridge, à l'Opéra de Göteborg. Il n'a pas employé de mégots mais divers matériaux recyclés et d'ingénieux moyens pour limiter l'impact de sa Tétralogie. Le détail se trouve sur Internet, je vous enverrai le lien si cela vous intéresse. Et puisque le jeu d'éclairage, ce soir, vous a tant fasciné, je peux ajouter un lien vous permettant de revoir le *Tannhäuser* d'Elke Neidhardt à Sydney, en 2007. Le jeu d'éclairage était le même, en plus réussi selon moi. »

Qui était ce morveux s'incrustant aux Lapins pour venir le chambrer, le contredire, dresser la liste des productions qu'il n'avait pas vues ? Son insolence justifiait une correction que M. Schopenhauer aurait souhaitée immédiate et violente. Moshe était un homme éduqué. Il se ressaisit, prit des airs de seigneur que rien ne peut atteindre.

« Bangkok, New York, Sydney, nous avons affaire à un grand voyageur ! Je mesure d'autant l'honneur que vous nous faites en visitant notre insignifiante bourgade haut-franconienne... Pour que cet événement ne soit pas oublié, puis-je vous demander votre nom ? »

L'étranger s'était remis à sourire.

« Henry Griebnisch. Le fils de Jane et Dalmatius Griebnisch. »

Le silence retomba lourdement. Dalmatius Griebnisch était un chef d'orchestre new-yorkais, mort il y a quelques années. Bien que célèbre, il n'avait jamais été invité à Bayreuth. Son nom était connu des festivaliers mais aucun, bizarrement, n'avait fait de rapprochement avec celui de Moshe. Étaient-ils parents… ? Le patron et les habitués, eux, n'y comprenaient rien.

« Henry », murmura Moshe.

Toute envie de plaisanter l'avait abandonné.

« Griebnisch », ajouta-t-il d'une voix molle.

Puis, la raffermissant :

« Je vois que ton père t'a transmis le goût de Wagner. Je suppose aussi que tu as des questions pour moi. Allons dehors. J'ignore l'usage en Amérique : en Europe, on lave son linge sale en famille. »

Henry achevait son verre d'eau. Du bout de l'index, il pria Moshe d'attendre une seconde, il buvait cette gorgée et il était à lui !

« En famille ? s'étonna-t-il enfin. Ma visite n'a pas le moindre caractère familial. Je suis venu vivre l'expérience, réputée incomparable, d'une Tétralogie à Bayreuth. En sortant de *L'Or du Rhin*, regagnant notre hôtel, mon épouse et moi passons devant cette charmante taverne, entrons, vous entendons débiter toutes sortes d'inepties. Je n'ai pu m'empêcher d'intervenir… Mes excuses si je l'ai fait de manière cavalière, je vous assure qu'il n'entre là-dedans rien de personnel, ce n'est qu'une affaire musicale. »

« Fous-toi de moi », disait le regard de Moshe. Il se vit fondre sur ce Henry Griebnisch et le soulever par les pans de son accoutrement. Comment pouvait-il être le fils de Dalmatius avec sa tête à claques ? Moshe se rassit et demanda, ennuyé par avance, quelle était cette « affaire ». Ce fut alors Henry qui se leva.

« Vous mentionniez Shakespeare. Je dirais après lui qu'il y a quelque chose de pourri dans la ville de Bayreuth. Plus précisément, dans l'enceinte de ce bar. »

M. Schopenhauer se trouvait juste derrière Henry. Ses mains commençaient à chauffer.

« Oui, messieurs-dames, appuya Henry en balayant lentement, d'un regard navré, la table des festivaliers puis des habitués. Depuis mon arrivée, je vous observe quémander l'avis, recueillir les paroles de cet individu comme s'il était Socrate ou la Pythie de Delphes. En réalité, ce n'est que Diogène dans son trou, rongé par… »

Il ne put continuer. M. Schopenhauer l'avait attrapé dans le pli de son coude et tiré en arrière, l'étranglant contre le rebord du comptoir. Il y eut une pagaille dominée par les cris de sa compagne, de Petula, de Moshe. Une minute plus tard, libre mais encore haletant, Henry remettait en place le col de sa chemise, de son trench, rangeait sa queue-de-cheval en faisant au patron des mines ironiquement reconnaissantes.

« Louis Forette, reprit-il sans revenir sur Diogène, n'a fait que tirer plus ou moins habilement les grosses ficelles du *Regietheater* consistant à transposer une œuvre d'un contexte A dans un contexte B pour que le spectateur, ébahi, se dise : "Incroyable, ça fonctionne !" Soyons sérieux, où se trouve l'originalité ? Castorf, Kupfer, Mielitz, Neuenfels, Lehnoff, Chéreau l'ont fait avant lui[17]. Pour certains, c'est la lutte des classes,

17. Les metteurs en scène Frank Castorf, Harry Kupfer, Christine Mielitz, Hans Neuenfels, Dieter Lehnhoff, Patrice Chéreau.

pour d'autres, l'Allemagne nazie, l'écologie… Les notes changent, la mélodie reste la même depuis plus de quarante ans. N'était-ce pas Wagner, pourtant, qui incitait tout le monde, tout le temps, à "faire du neuf[18]" ? »

Henry laissa cette question pénétrer les esprits. Puis, s'adressant à Moshe plus directement :

« Je crains, cher monsieur, qu'il ne vous arrive de prendre le cuivre pour de l'or. Tout ce qui brille, vous connaissez le proverbe, et pourtant *L'Or du Rhin*, ce soir, ne brillait même pas. Cet arbre qui vous a tant plu, vous êtes-vous aperçu que parmi ses ampoules, une sur trois ne fonctionnait pas ? que ses pseudo-chatoiements étaient réglés comme ceux d'une guirlande de Noël ? Vous parliez d'une crèche. C'est en effet une crèche, très kitsch, que l'ensemble évoquait avec ses décors en carton, ses personnages figés tels des santons. Du toc que vous et vos groupies avez trouvé extraordinaire. Dois-je conclure à une sorte d'hallucination collective ou serait-ce moi le fou ? l'aveugle ? Pire, le sourd ? Pour me rassurer, il faudrait que nous échangions nos vues au sujet de l'orchestre, du chef, de ces Filles du Rhin, cet Alberich, ce Wotan…

– Demain », dit Moshe.

Il s'était lassé de ces bravades qu'il n'écoutait plus. Son attention s'était affaissée en même temps que son corps. Il pensait à Dalmatius, nullement à Wagner.

18. « *Kinder, macht Neues!* », « Mes enfants, faites du neuf! » Ces mots figurent dans une lettre de Wagner à Liszt. Bien que n'ayant pas été employés à ce propos, ils sont souvent repris pour justifier les audaces en matière de mise en scène.

« Demain ? » sourcilla M. Schopenhauer, sous-entendu : « Je vais encore devoir supporter ce rat ? »

Dans un effort qui lui coûta, Moshe se releva et se pencha en avant, ses poings contre la table.

« Oui, demain. Ce jeune homme est venu de loin pour éprouver mes opinions. Il veut débattre ? Nous débattrons. La critique wagnérienne ne progresse pas autrement et Bayreuth n'est-elle pas, pour Nietzsche, une "veillée d'armes à l'aube du combat" ? Je n'ai l'intention de refuser aucun coup. Nous ferraillerons au sujet du chef, de l'orchestre, de la troisième clarinette, du huitième cor si cela lui chante. Pour l'heure, je vais me coucher. Il est tard et je ne sais pour vous : moi, ces palabres m'ont fatigué. »

« Sa tête quand je lui ai dit mon nom, on aurait cru Daland se retrouvant nez à nez avec le fantôme du Hollandais[19] ! »

Henry et Peggy logeaient au Wälsungenhotel. Leur chambre ressemblait à toutes celles de standing trois étoiles : lit robuste, écran plat, salle de bains en faux marbre équipée d'une baignoire et d'une vasque à la forme audacieuse – en l'occurrence, une espèce de grand bol. Elle donnait sur le parking. Seule la décoration – photographies sous verre de chanteurs wagnériens, bouts de partition peints à même le mur blanc – rappelait où l'on se trouvait. Henry venait de se brosser les dents. Allongée sur le lit, Peggy lisait un roman de Jane Austen en mastiquant un chewing-gum.

« "Je vois que ton père t'a transmis le goût de Wagner... En Europe, on lave son linge sale en famille..." »

Henry était revenu agité des Lapins franconiens. Il avait pris une douche, séché et peigné sa chevelure en sifflant divers airs de Wagner. Il était redescendu fumer une cigarette, remonté dans la chambre où il s'était jeté sur le lit avant de regagner la salle de bains. Désormais

19. Référence au *Vaisseau fantôme*.

torse nu, les cheveux déliés, il imitait Moshe sans talent particulier : peu importait, lui seul se voyait dans le miroir. Il secoua sa chevelure, y enfouit dix doigts qui se mirent à accomplir un étrange va-et-vient. Dieu sait s'il aimait ces cheveux, ce crin d'Irlandais hérité de sa mère ; s'il haïssait son père Dalmatius et le cousin d'icelui, son oncle éloigné, Moshe. Henry retourna dans la chambre, s'adossa contre le mur face au lit. Peggy, captivée par son roman, portait de fines lunettes et une nuisette qui répandait ses formes. Il la considéra pensivement puis lança :

« Selon toi, de quoi va-t-on parler demain ? »

Elle ne releva que son regard.

« Harry, il est deux heures du matin. Je dois te rappeler que mes répétitions de *La Pie voleuse* à l'Opéra de Virginie démarrent la semaine prochaine ? »

Elle ajouta qu'il avait du dentifrice sur le menton et revint à sa lecture. Henry détestait qu'elle le surnommât « Harry ». Il détestait tout ce qui était vulgaire. Peggy l'était, dans un genre raffiné. Née à Dallas, élevée près d'Austin, elle avait intégré la prestigieuse North Texas School of Music pour devenir une mezzo-soprano d'un niveau moyen bien que professionnel. Elle tournait aux États-Unis, parfois au Canada dans des salles de rang secondaire où elle fournissait des Carmen, des Rosina, des Dalila largement suffisantes pour les exigences du public[20]. Son vrai don n'était pas vocal, il était auditif.

20. Rosina est un personnage du *Barbier de Séville* (Rossini), Dalila de *Samson et Dalila* (Saint-Saëns).

Peggy possédait une oreille sensible au plus faible signal, une machine à repérer les problèmes d'harmonie et de rythme, à distinguer immédiatement, sans effort, les mille éléments d'un ensemble où les autres ne voient qu'un bloc. Il lui suffisait d'écouter trois mesures d'une symphonie mal interprétée pour constater que les cordes étaient « à la traîne », que le hautbois jouait « beaucoup trop bas », qu'il y avait du frottement entre tel et tel instrument. Elle comprenait la musique, simplement, comme on comprend une langue.

Henry poursuivit l'échange que Peggy venait de clore.

« On va forcément parler de chant. Entre le duo Siegmund-Sieglinde*, les "Hojotoho !" de Brünnhilde et les Adieux de Wotan, il y a matière[21]. Le vieux bouc prendra la défense des chanteurs puisqu'ils ont été choisis par Petula. Moi, j'aime bien pinailler, mais si demain ils sont aussi bons qu'aujourd'hui… »

Peggy avait cessé de mastiquer son chewing-gum, relevé par-dessus ses lunettes des yeux écarquillés.

« Tu as trouvé les chanteurs *bons*… ? Mais en remuant le Rhin, Alberich t'a mis de l'eau dans le siphon ou quoi ? Freia* et Fricka ont assuré, certes. En même temps, avec Elisabeth Teige et Christa Mayer, on ne pouvait pas s'attendre à de l'opérette. Les ondines étaient d'une grâce… En revanche, ce Wotan, ce Loge, d'où sortaient-ils ? Wotan est un rôle pour baryton obscur,

---

21. Référence à trois passages célèbres de *La Walkyrie* : le duo d'amour de Siegmund et Sieglinde, les cris de Brünnhilde sur le thème de la Chevauchée, les adieux de Wotan à Brünnhilde.

tourmenté, allemand de préférence. Je n'ai rien contre les Italiens mais celui-ci, franchement, avec son poitrail velu, son vibrato de gondolier, semblait parodier Roberto Alagna. Loge doit être un ténor bouffe, pas bouffon. Croit-il que chanter faux, c'est réussir une bonne farce ? Il chantait, au moins, tandis que Fasolt et Fafner ne faisaient que parler, Donner* et Froh*, crier. Mime* portait bien son nom : on ne l'entendait pas. Quant à Alberich… Bref, heureusement qu'il y avait des femmes ce soir car si les hommes possédaient un organe, ce n'était pas leur voix. »

Ces mots ravirent Henry. Lors d'un séjour en France, il avait entendu l'expression « grosse dondon ». Celle-ci, bizarrement, lui revenait en mémoire chaque fois que Peggy le rendait fier. Qu'elle était forte, intelligente, qu'il l'aimait, sa grosse dondon ! Souvent elle l'excédait, toujours le fascinait. Elle était sa déesse, le totem qu'on maudit quand la pluie ne tombe pas ; lorsqu'elle tombe, qu'on honore par des danses, des transes, des rires sous l'averse et la foudre… Elle s'était remise à lire. Lui se repassait les meilleurs morceaux de sa tirade, se voyait les recracher à la face de Moshe. Une pensée vint tempérer son enthousiasme. Excepté Wotan et Fricka, les personnages de *L'Or du Rhin* ne réapparaissent pas dans *La Walkyrie*. Il lui faudrait cracher d'autres morceaux, en espérant que le deuxième volet de cette Tétralogie en inspirerait à sa « dondon » d'aussi savoureux que le premier. Et si ce n'était pas le cas ? Ou si Moshe se trouvait être du même avis qu'elle, que lui ?

« J'ai une idée. »

Peggy dévisagea Henry d'une façon qui signifiait : « Quoi encore ? »

« Pourquoi ne pas l'humilier plus directement ? Par exemple, l'attacher à l'arrière d'une voiture et le faire trottiner sur la Siegfried-Allee ? »

Peggy fixait Henry avec consternation. Ce regard et surtout l'évidence de son propre génie allumèrent sur le visage du jeune homme un sourire inquiétant. Oui, Moshe allait courir. Que ce soit par des actes ou des mots, il allait enfin recevoir une leçon d'humilité.

« Tu as pris tes médicaments ?

– Hum, éluda Henry.

– Ne me dis pas que tu les as oubliés à New York ?

– Mon amour… »

De la façon la plus inattendue, Henry bascula brusquement de cette légèreté à la colère. Il en avait marre qu'on le traitât en fou, en incapable. Il allait et venait devant Peggy, finalement virevolta, abattit violemment sa main contre le mur. Le choc décrocha un portrait de Hermann Winkelmann, célèbre *Heldentenor* des années 1880-1890, qui s'écrasa sur le parquet, face contre terre, dans un bruit sec de verre brisé. C'en était trop. Peggy avait fermé son roman, replié ses lunettes.

« Je t'ai suivi à Bayreuth sur la promesse d'une semaine romantique. Tu sais que je n'aime pas Wagner, ce lourdingue. Je suis ici pour toi, pour nous. Tu m'as assuré que la présence de ton oncle t'était égale, que tu ne chercherais pas à le voir, ne me parlerais pas de lui. »

Les hommes sont des menteurs, des égoïstes, et c'était pour l'un d'eux, le pire de tous, qu'elle compromettait sa carrière. Peggy soupira, reprit sa lecture. De son côté, Henry s'empara discrètement d'un étui qu'il avait caché dans le fond de sa valise et s'enferma dans les toilettes. Il abaissa le couvercle, s'assit, contempla ce bel étui en cuir noir à peine écaillé. Il défit la sangle, extirpa l'arme de collection. C'était un Luger P14 ayant appartenu à un officier allemand. Ses propriétaires ultérieurs l'avaient entretenu avec un soin manifeste. Il était lourd et froid, sentait l'huile et l'acier. Ses méplats sombres laissaient deviner une mécanique ingénieuse. Henry toussa pour éjecter le chargeur sans que Peggy l'entendît. Huit balles cuivrées se trouvaient là depuis la guerre, n'ayant quitté leur cache que pour être astiquées. Silencieuses, solidaires, elles semblaient attendre l'honneur de servir.

Petula Stark habitait sur les hauteurs de Bayreuth. À peine nommée directrice du festival, elle avait acquis la villa qu'un Berlinois de l'Ouest s'était fait construire dans les années 1980. Il s'agissait, selon l'expression, d'une « maison d'architecte », tout en béton et baies vitrées. Elle avait vieilli prématurément, évoquant, sans avoir quarante ans, le vestige d'une époque incompréhensible. Avec de l'entretien, sans doute aurait-elle conservé une certaine majesté, hélas Petula ne l'avait pas entretenue. Ses revenus ne s'avérant pas aussi élevés, ses amitiés aussi nombreuses que prévu, elle avait rapidement oublié les garden-parties et autres fastes dont elle avait, sinon rêvé, du moins caressé le projet. Elle s'était contentée de ce que l'intérieur restât propre. Dehors, le chiendent prospérait, de la moisissure montait sur les murs, les baies se couvraient d'une espèce de calcaire qui en venait à flouter la vue. La piscine à débordement ne débordait plus, n'était plus filtrée ; au gré du vent, de grands animaux en plastique dérivaient sur une eau devenue louche. Tout cela trahissait un échec que Petula voulait croire provisoire. Ses ennemis, eux, y voyaient une punition. À Bayreuth, on n'était là que pour servir le Maître. Comment pouvait-on étaler sa richesse si près du *Festspielhaus* ?

Pour rentrer chez elle après une soirée aux Lapins franconiens, Petula devait marcher vingt minutes sur une route goudronnée, infréquentée la nuit, qui s'élevait en zigzags dans l'ombre d'une forêt. La lune apparaissait, disparaissait derrière les nuages et les branches. On sentait grouiller toute une faune nocturne. Petula possédait une voiture, deux même, mais elle tenait à cette promenade. C'était un moment de détente. Chaque représentation était source d'angoisse. La directrice savait que des légions de festivaliers hostiles à ses productions guettaient la fausse note, le plus infime problème technique pour l'en rendre responsable et crier au scandale. Heureusement, Moshe la soutenait. Il était son rempart contre un océan de mauvaise foi et de mauvaises langues. Quand, malgré le rempart, Petula subissait une tempête de huées, elle se rappelait celles qu'avait connues Chéreau avant d'être acclamé. Avec le temps, elle avait acquis une forme de philosophie.

Ce soir-là, cependant, ses sentiments n'avaient rien de philosophique. Petula était furieuse. Elle travaillait depuis cinq ans sur cette Tétralogie. Enfin! elle avait recruté un bon metteur en scène. Les premiers retours étaient excellents, il manquait seulement l'approbation de Moshe pour que l'enthousiasme l'emportât. On y était, l'auteur de *Parsifal : œuvre sacrée ou sacrilège ?* n'avait plus qu'à apposer son cachet et voici qu'au dernier moment un boutonneux à queue-de-cheval lui clouait le bec en public. Qui était-ce ? Un wagnérien sérieux, à l'évidence. Il avait émaillé son propos de réflexions, de références qu'on ne trouve pas sur Wikipédia. Moshe en était resté coi. Bien sûr, il y avait une histoire familiale. Poil de carotte était son neveu, peut-être son fils, peu importait, Moshe aurait dû se défendre, *la* défendre !

La lune était gibbeuse. Une chouette ou un hibou ululait quelque part. Petula marchait pieds nus, ses escarpins à la main. Elle se sentait un peu ridicule avec sa robe moutarde où, cousus sur ses seins, deux ronds de feutre rouge faisaient allusion aux pommes de Freia. Ce n'est qu'en distinguant les lumières de la villa qu'elle pensa à son fils. Il ne pouvait passer une journée seul. Quand elle voyageait, elle le faisait garder. Les soirs d'opéra, elle consultait son téléphone aussi souvent que possible pour prendre de ses nouvelles, répondre à ses questions. Mais cette soirée avait été si intense que le mode avion, activé avant le début de *L'Or du Rhin*, l'était resté depuis. Elle le désactiva, attendit le retour d'un réseau capricieux, découvrit un chapelet de messages où il était question d'une inondation. Petula se mit à courir. Ses pieds filaient, rebondissaient sur le goudron assoupli par une semaine de canicule.

« Christian ? » s'écria-t-elle depuis le hall d'entrée.

Elle le trouva recroquevillé sur le canapé du salon, des affaires rassemblées près de lui comme en vue d'un voyage. Pas de déluge mais de l'eau qui progressait lentement sur le linoléum, dévalait l'escalier en une maigre cascade.

« Il s'est passé quoi… ? »

En l'absence d'une réponse, elle s'élança dans l'escalier. Le dégât provenait d'une salle de bains où l'eau coulait dans une vasque fermée. Elle tourna le robinet et releva la bonde, tout simplement. Christian avait dû commencer à se laver les mains et paniquer, s'enfuir en constatant que l'eau ne s'écoulait pas. Petula inspira tristement.

Moshe se resservit un verre de cognac. C'était un Ragnaud-Sabourin « Hors d'Âge », cadeau de Petula. La mise en fût devait dater de l'époque où il avait rencontré Dalmatius. Au terme d'études erratiques, il venait d'obtenir un diplôme de musicologie à l'université de Munich. Jeune homme échevelé et barbu, vaguement déçu de ne pas vivre en Allemagne de l'Est. Dans sa chambre, un portrait du Che voisinait avec un de Beethoven. Sa mère, parfois, mentionnait des Griebnisch émigrés aux États-Unis. Ceux-là qui, contrairement à son père, deux de ses oncles, ses trois tantes, n'étaient pas morts dans une chambre à gaz. Sans se le formuler, Moshe ne pouvait s'empêcher de les voir comme des fuyards. Il ne les connaissait pas, se fichait un peu d'eux et de leur destin au pays du dollar avant d'apprendre qu'un de ses cousins, de cinq ans son aîné, y était devenu chef d'orchestre. Son prénom faisait référence à des origines que leur famille commune, apparemment, avait en Dalmatie. Il vivait à Boston où il dirigeait une formation étudiante. Ce n'était pas le Boston Symphony Orchestra mais on ne débute pas une carrière d'entraîneur dans un club de première division. Ce Dalmatius allait monter. Quoi qu'il en soit, deux cousins mélomanes ont forcément des choses à se dire et Moshe avait envie de voyager, il lui avait écrit.

La rencontre ne s'était pas déroulée comme prévu. Censé l'accueillir à l'aéroport, Dalmatius ne s'y était pas présenté. Moshe avait dû changer ses marks pour essayer de l'appeler, finalement pris un bus. À l'adresse qu'il avait en poche correspondait un immeuble avec grilles, jardin, gardien. Celui-ci lui remit une enveloppe renfermant un mot et un trousseau de clés. En planifiant la venue de son cousin, Dalmatius avait oublié une tournée aux quatre coins de la Nouvelle-Angleterre. Il tâcherait de repasser entre les concerts, au moins avant le dernier, programmé à Boston. S'il n'en avait pas le temps (en tournée, on ne savait jamais… !), Moshe pouvait se rendre tel jour à telle heure au Symphony Hall, une place lui était réservée. Ils feraient connaissance après. En attendant, l'appartement était à sa disposition, il y trouverait de quoi boire et manger, en tout cas du pâté et de bonnes bouteilles de pomerol. Qu'il se serve, fasse comme chez lui, et encore désolé !

Le voyageur avait déposé son barda à l'entrée d'un salon scintillant de lumière. Il s'en dégageait une odeur de cire et de tabac. Deux fenêtres donnaient sur le port et ses mâts immobiles, survolés de mouettes qu'on n'entendait pas. Posées de biais sur un buffet, des photos encadrées révélèrent à Moshe l'apparence de son cousin, de ses parents et d'une femme, rousse, qui devait être sa fiancée. Il y avait beaucoup de livres et de disques. Dalmatius semblait apprécier Richard Wagner. La bibliothèque, un ensemble de casiers intégrés aux murs, contenait son autobiographie, des biographies, des essais. Sous les casiers s'élevaient des piles de vinyles dont une entière, la plus haute, lui était consacrée. Du deuxième acte de *Tristan et Isolde*, par exemple, Moshe dénombra trois enregistrements; d'extraits de la Tétralogie, une quinzaine… Il poursuivit son inspection, caressa timidement la platine et les enceintes géantes d'un système Bang & Olufsen. Près des fenêtres se trouvait un fauteuil dans lequel il imagina son cousin, un verre de pomerol en main, dans l'autre une cigarette, observant les nuages en écoutant à plein volume des œuvres que lui connaissait à peine.

Ainsi que son message l'avait laissé présager, Dalmatius n'eut pas le temps de repasser chez lui avant le concert au Symphony Hall. Le jeune chef d'orchestre ignorait à quoi ressemblait le jeune musicologue mais il savait quelle place il lui avait donnée, aussi lui lança-t-il un sourire appuyé avant de monter sur son podium, d'étendre ses bras, de se figer telle une bête qui s'apprête à charger. En fait de charge, ce fut une pièce on ne peut plus éthérée : le prélude de *Lohengrin*. Moshe l'avait déjà entendu, jamais encore il ne l'avait *vécu*. Des frissons labouraient son cuir chevelu. Il lui semblait que ce n'étaient pas des cordes, plutôt des âmes qui se frottaient pour se réchauffer, s'élever côte à côte, très haut, jusqu'à se fondre dans le cosmos. Cette procession sublime était conduite par Dalmatius. Ses paupières étaient closes, souvent crispées. D'un doigt sur ses lèvres, de ses mains aux mouvements fébriles, il priait les violons de jouer moins fort, suppliait les altos de ralentir. Il retenait l'ensemble comme un fil qu'une maladresse eût suffi à rompre, condamnant pour toujours et pour tous l'accès à l'au-delà. « Piano…

Pianissimo… », implorait son visage, transpirant déjà, dans une quasi-grimace. Il souffrait pour sauver. On souffrait avec lui. Les dernières âmes atteignaient leur destination. Les cieux se refermaient. La musique cessa. Ses poings, serrés, imposèrent un silence que personne n'osa écourter. Puis il se détendit et se retourna, soulagé, sous un déluge d'applaudissements.

« Que des bœufs ! »

Après le concert, Dalmatius avait emmené son cousin dans un bar de palace. Il lui avait affirmé que ce genre d'endroit ne coûtait pas plus cher que les autres. Moshe en avait douté en découvrant les prix.

« Des gros bœufs ! Franchement, entre les cuivres qui soufflaient comme des sourds et les bois qui tentaient de les couvrir… Wagner a marqué "*sehr ruhig*" partout, qu'est-ce qu'ils ne comprennent pas ? »

Au passeur d'âmes avait succédé un artiste conscient de sa valeur, désespéré par celle de ses partenaires de jeu. Bien sûr, cet orchestre n'était qu'une étape. Dalmatius avait été repéré par le directeur musical de l'orchestre de Cleveland. Il deviendrait bientôt son assistant et ce poste, Moshe l'apprit, était un tremplin vers celui de chef. Pas tout de suite Cleveland ni Chicago, encore moins Boston ou New York, mais Dalmatius n'était pas pressé. Il était convaincu d'avoir des choses à exprimer. Concernant Wagner, il lui semblait jouir d'une connexion spéciale, d'une faculté à saisir instantanément les non-dits, les intentions secrètes que peu de musiciens savaient déchiffrer, quand ils les remarquaient.

« Tu vois ce passage, mesures treize à seize de mémoire, où les violons décollent soudain en fa dièse mineur et se relancent plus lents, posés, pour finir en majeur ? Si Wagner n'avait composé que cela, ce n'aurait pas été rien. Naturellement, la plupart des chefs massacrent ce moment féérique. Au lieu de s'y engager à pas de biche, ils y vont comme des éléphants. »

Dalmatius n'était pas tendre. Il n'était pas modeste non plus. Mais il était animé d'une passion, possédait un charisme qui fascinaient Moshe. Il avait troqué son paletot de chef d'orchestre contre une veste à carreaux et une large cravate en laine rouge. Il fumait des Winston et portait d'épaisses lunettes de vue. Il parlait anglais, français, allemand, italien. L'Europe lui était familière comme s'il avait vécu dans chacun de ses pays. Son eau de Cologne, son rasage impeccable et ses cheveux gondolés, brossés vers l'arrière, achevaient de le vieillir, de lui donner un charme paternel. Du haut de ses trente-deux ans, il affichait l'aisance et l'ironie d'un milliardaire revenu de tout.

« *For Christ's sake*… », sourit-il en indiquant le pianiste du bar, dont le niveau laissait à désirer.

Moshe était subjugué. Face à Dalmatius, il se sentait immature, insignifiant. Même en musique, censément son domaine, il ne voyait pas l'intérêt que son solfège, sa maîtrise théorique du contrepoint et des renversements d'accords présentaient pour un vrai musicien. Il ne parlait qu'allemand. Fût-il venu de RDA, il aurait pu délivrer des nouvelles exotiques. Mais de Munich, qu'apprendre à un homme qui, chaque matin, entre les pages du *Monde* et du *Washington Post*, feuilletait celles du *Süddeutsche Zeitung* ? Il y avait entre eux ce qui sépare l'écolier du maître. Dalmatius le savait, en jouait. Les cocktails se succédaient. Passé les discussions à propos de Wagner et d'autres compositeurs, des Griebnisch d'Allemagne et d'Amérique, de leurs retrouvailles, ils abordèrent des sujets plus personnels. Le ton du maître se faisait familier. Son élève était devenu « mon petit Moshe ». Il avait retiré ses lunettes et ne s'adressait plus à ce dernier qu'avec des roulements d'yeux, des soupirs, de légères tapes sur les cuisses pour le charrier gentiment. Avait-il une copine ? Comment ?! Il n'avait eu aucune relation depuis si longtemps… ?

« Il va falloir que je t'emmène à New York pour te déniaiser. Tu verras, Central Park, c'est autre chose que l'Englischer Garten… Le soir, ce ne sont pas les belles filles qui manquent, ni les beaux mecs d'ailleurs. Il y a des quartiers, des bars un peu spéciaux. Entre cousins, ça pourrait paraître inconvenant mais nous n'irions que pour voir, et sommes-nous seulement sûrs d'être vraiment cousins ? »

Dalmatius éclata de rire. Moshe sentait que l'échange dérapait. Il en eut la certitude lorsqu'une main se posa sur la sienne. Il s'apprêtait à réagir mais déjà cette main, envolée, allumait une cigarette, appelait un serveur (« *Dos mojitos !* » s'exclama Dalmatius avec un accent volontairement comique). Ils parlèrent à nouveau de Wagner dont le jeune chef s'étonnait que son cousin, après six ans d'études musicales, connût l'œuvre aussi mal. Cependant, il l'enviait. Le meilleur de la musique, donc de la vie, se trouvait devant lui. On n'a qu'un pucelage. De même, on ne revit pas le choc d'une rencontre avec Tannhäuser, Tristan, Parsifal… La main revint. Moshe ne fit rien. La moitié de sa famille était morte à Auschwitz. Sa mère ne portait que du noir, elle avait transformé la maison familiale en une sorte de musée lugubre. Lui avait envie de lâcher prise, de s'amuser, comme tout le monde. Le charme de Dalmatius était puissant ; la question qu'il avait posée, pas totalement absurde. Leurs pères étant frères, il suffisait que sa mère ou la sienne eût été infidèle pour qu'ils ne fussent pas cousins. Dans le chaos de la guerre, rien n'était impossible… Quant à la chose, Moshe ne l'avait jamais faite avec un garçon. Pas davantage n'avait-il, auprès des filles, éprouvé les transports que son interlocuteur, se rappelant son premier *Siegfried*, était en train de décrire.

Une chasse d'eau retentit bruyamment. C'était la troisième fois que Mme Wagner se levait pour se rendre aux toilettes. Croyant être discrète bien que ses pas fissent grincer le parquet des couloirs, elle profita de cette excursion pour passer devant la chambre de Moshe, s'approcher de sa porte. Sous ses airs de grand-mère modèle, elle n'avait pas tardé à révéler sa vraie nature : la logeuse maniaque et mesquine. Pendant la visite d'accueil, elle avait assommé Moshe d'innombrables règles. Sa chambre d'enfant lui avait été présentée comme un palace. Ce faisant, elle n'avait cessé de l'étudier du coin de l'œil. N'allait-il pas disparaître sans avoir payé ? de son poids, défoncer le lit… ?

Les grincements s'éloignèrent. Moshe se resservit un verre. Au-dessus de lui, une horloge Goldorak indiquait trois heures quinze. Il serait bien sorti fumer un cigarillo mais c'eût été risquer de croiser « Mme Règles », elle, en patrouille, lui, puant le cognac et le tabac ; par ailleurs, un médecin l'avait semoncé à ce sujet. Dans sa valise reposait le compte rendu d'analyses qu'il avait reçu chez lui juste avant de partir. La clinique avait tenté de le joindre. Moshe n'avait pas lu, pas répondu. Il se doutait du verdict, n'était pas pressé de le connaître. Ses essoufflements, sa toux, cette brûlure installée dans le creux de sa poitrine ne suggéraient rien de bon. Si c'était un cancer, il ne l'avait pas volé. Avec Dalmatius, il s'était mis à fumer, à boire sans modération. Ils avaient roulé vite, ivres, sur des routes côtières. Sauté nus, en hurlant, dans des lacs et des fleuves dont ils ignoraient la profondeur. Ils avaient vécu dangereusement. Ils s'étaient aimés, haïs, aimés encore plus fort. Ils avaient espéré que cela durerait éternellement. À présent Dalmatius était mort et Moshe buvait seul, les cuisses compressées par le casier d'un bureau d'écolier.

« Un Luger ? »

Dalmatius s'étonne de ce cadeau. Moshe lui explique qu'il appartenait à l'un des officiers ayant occupé la maison des Griebnisch à Munich. Dans la débâcle du printemps 1945, il avait été oublié avec d'autres armes, des vêtements, des reichsmarks. Moshe y voit un symbole de la victoire, un lien entre sa famille et celle de Dalmatius. Comme celui-ci considère bizarrement le pistolet semi-automatique, il admet avoir peut-être eu une mauvaise idée.

« Non, proteste son cousin. Il faut juste que j'évite de le prendre avec moi en répétition. Si mes étudiants continuent de saccager Beethoven et Wagner, je risque sans prévenir d'engloutir le canon et de presser la détente. »

Il repense à leur première fois. Décoiffé, transpirant, Dalmatius lui plante une Winston entre les lèvres, l'allume, s'en allume une aussi. Au sol traîne une télécommande. Il l'attrape et relance, d'un bras tordu vers le salon, le prélude de *Lohengrin* dans sa version de prédilection – celle, studio, du Philharmonique de Vienne dirigé par Rudolf Kempe. Dalmatius peut commenter sans fin les qualités de cet enregistrement. Pour l'instant, il écoute. Moshe aussi. Son cousin l'entraîne dans un monde qu'il ne soupçonnait pas. Il connaissait la musique qui pince l'âme, avait sous-estimé la singularité de celle de Wagner qui ne se contente pas de vous toucher, elle vous jette tout entier dans un flux continu d'harmonies, de couleurs dont chacune, si vous aviez le temps de l'examiner, en dévoilerait dix autres. Il n'y a pas de pause chez Wagner, aucun espace pour applaudir les morceaux de bravoure. Du début d'un acte à sa fin, tout roule comme une vague qui vous porte, vous soulève, vous rend bien plus grand que vous ne l'êtes. Les doigts de Dalmatius vont et viennent dans la paume de Moshe, s'accrochent aux siens quand la masse des cordes se met à enfler, amenant l'entrée des vents.

« Putain… », murmure-t-il en recrachant un peu de fumée.

Moshe sent encore les mouvements de sa main dans la sienne. Il revoit son profil avec son nez busqué, ses cheveux gondolés. C'est un profil d'empereur, une image qu'il eût fallu graver pour l'immortaliser. Moshe sourit. La rancune, la douleur ont fait place à une tristesse paisible. Devant lui, pourtant, Dalmatius est si net qu'il jurerait pouvoir caresser son torse, lui demander d'augmenter ou de baisser le son. Mais aux traits de l'empereur se superposent brusquement ceux de son fils, Henry, ce rat venu pour quoi ? Remuer le passé ? Réclamer des comptes ? Qu'il aille se faire foutre. Attisée par le cognac, la colère monte en lui. Il résiste, résiste, puis se rue sur sa valise, éjecte un pull, le courrier de la clinique, enfin accède aux cigarillos.

II

LA WALKYRIE

Les soirs d'opéra, l'arrivée de Moshe et Petula sur la Colline sacrée ne passait pas inaperçue. Bras dessus bras dessous, ils arpentaient le trottoir de la Siegfried-Allee, la rampe fleurie qui mène au *Festspielhaus*, atteignaient la terrasse où leur apparition éteignait des conversations déjà ramollies par la chaleur et que l'attente du concert rendait superficielles. Ils traversaient la foule sans se presser ni manquer de saluer, de vagues sourires, leurs connaissances nombreuses. Ils ne s'arrêtaient que s'ils reconnaissaient une personne importante, ne faisaient un détour que s'il s'agissait d'une personne extrêmement importante, puis s'engouffraient ensemble dans le hall du Palais. C'était une arrivée royale, suivie par des regards, parfois une caméra qu'ils feignaient de ne pas remarquer.

Ce soir-là, ils sentirent sur eux le poids d'une attention singulière. Les événements de la veille s'étaient ébruités. On disait qu'un inconnu en avait remontré au célèbre critique. Et pas n'importe où, sur son terrain, dans l'enceinte d'une taverne où Moshe – certains l'ignoraient – pérorait après chaque représentation. Ceux qui y avaient assisté parlaient d'une « déculottée » qu'ils relataient avec des exagérations et quelques inventions. On ne pouvait nier que le petit avait du talent. Établir une filiation entre le *Ring* de Forette et ceux de Lepage, Schenk, Kupfer, était hardi mais pertinent. Rappeler que l'écologie se trouvait au cœur du livret, brillant. Quant aux décors et au jeu d'éclairage dont Moshe s'était émerveillé, il fallait admettre que Louis Forette ne s'était pas foulé pour les uns, que pour les autres il avait beaucoup pris au *Tannhäuser* d'Elke Neidhardt…

L'inconnu s'appelait Henry. Il avait dit être le fils de Dalmatius Griebnisch, ce chef d'orchestre américain dont nul ne s'était avisé de la parenté avec le critique allemand. Ce fait en soi était étrange, Griebnisch n'est pas un nom courant… ! En moins de vingt-quatre heures, on avait établi qu'ils étaient cousins. Plus troublante était cette information dénichée par on ne savait qui, déjà sue de tous, selon laquelle Dalmatius et sa femme avaient eu un fils unique qu'ils avaient appelé Moshe. L'âge concordait. Si l'information était avérée, Henry avait menti sur son prénom et la ville de Bayreuth abritait présentement deux Moshe Griebnisch, oncle et neveu éloignés, le second venu pour défier le premier.

L'arrivée de Henry et Peggy fit plus d'effet que celle de Moshe et Petula. Par hasard ou de façon calculée, ils apparurent sur la terrasse du Palais des festivals à l'instant où ceux-ci entraient dans le bâtiment. Peggy devait mourir de chaud sous son brushing, son manteau de fourrure et sa longue robe rouge coquelicot assortie à une paire de Louboutin. Lui ne s'était pas changé depuis la veille. Toujours ce trench-coat en skaï, cette chemise noire, ce jean noir, ces boots à grosses semelles. Toujours ces mains dans ces poches, ce sourire de loup sur cette face boutonneuse qui se balançait tranquillement d'un côté puis de l'autre. Les visages qu'il scrutait exprimaient l'étonnement, la curiosité, un mélange de respect et de mépris. Lui reprochait-on de s'être attaqué à Moshe Griebnisch ? de ne pas être en smoking ? Un chauve à lunettes rondes, cigare aux lèvres, émit un ricanement. Henry s'arrêta. Il l'observa avant de lui dire sur le ton d'un sincère conseil :

« Vous ne devriez pas rire. Kundry s'en est repentie. »

Kundry est ce personnage de *Parsifal*, inspiré de Marie-Madeleine, qui regrette éternellement de s'être moqué du Christ. La référence était connue et la réplique n'avait rien de très spirituel, cependant Henry l'avait lancée avec un tel calme, une lueur si intense dans le regard que son interlocuteur en demeura troublé.

Aux Lapins franconiens, certains habitués étaient arrivés dès midi. À seize heures, leur table était pleine. Ils buvaient des bières légères pour ne pas être ivres quand la soirée démarrerait. Souvent, l'un d'eux sortait dans le jardin, écartait du bras des branches de thuya pour distinguer le Palais des festivals. Il se rasseyait en informant ses camarades que *La Walkyrie* venait de commencer, le premier entracte de s'achever, etc. Ce qu'ils étaient longs, ces opéras… ! On aurait volontiers joué aux cartes mais le patron interdisait les jeux dans son établissement, et personne ne voulant risquer sa place, on se bornait à discuter, à se repasser le duel de la veille, à le raconter une fois de plus à ceux qui n'avaient pu y assister. « Queue-de-renard », ainsi qu'un habitué avait surnommé Henry, leur avait fait forte impression. Il avait un drôle de look, une vilaine tête mais il fallait reconnaître qu'il avait bousculé Moshe… « Des conneries ! » répétait-on, un peu choqué, un peu admiratif de ce mot qu'il avait jeté au visage du critique. « Le fils de Jane et Dalmatius Griebnisch », répétait-on aussi. Comme on ignorait qui était ce dernier, on se perdit en conjectures puis en recherches sur Google.

« Dalmatius John Daniel Griebnisch, né le 26 mai 1940 à Baltimore dans le Maryland, mort le 1er novembre 2013 à New York, est un chef d'orchestre américain. Élevé au sein d'une famille…

– Abrège ! Ce qui compte, c'est son lien de parenté avec Moshe.

– Je te dis qu'ils sont frères.

– Et moi cousins, je l'ai entendu.

– De qui ?

– D'un festivalier. Il m'a aussi appris que Henry s'appelle en fait Moshe.

– Quoi… ? »

La discussion s'embrouillait. « Queue-de-renard » s'appelait-il Henry ou Moshe ? L'autre Moshe, le « leur », était-il un oncle direct ? éloigné ? Dans les deux cas, qu'avait-il fait pour que son neveu fût aussi remonté contre lui ? Chacun y allait de son avis. En poursuivant ses recherches, un habitué découvrit qu'un certain « Henry_Grieb » tenait un blog wagnérien. Outre de longues critiques sur une centaine de représentations, il contenait d'innombrables articles traitant de sujets aussi variés que « La femme », « Le temps », « Le pouvoir », « La vengeance chez Wagner ». Les débats reprenaient de plus belle quand l'auteur des recherches, qui les poursuivait, murmura : « Il a buté un type. »

Un article en ligne du *New York Daily News* mentionnait que le fils du chef d'orchestre Dalmatius Griebnisch s'était rendu coupable d'homicide. Stupeur, attroupement. Même M. Schopenhauer, qui d'ordinaire ne se mêlait pas aux clients, avait rappliqué. Tous se penchaient au-dessus du smartphone, pressant son propriétaire d'en dire plus. « Quelqu'un cause anglais ici ? Non, alors calmez-vous, laissez-moi déchiffrer ! » Moshe – l'article confirmait son véritable prénom – avait frappé à mort un toxicomane qui l'avait agressé dans une rue de Manhattan. Il était question de légitime défense, de circonstances atténuantes lui ayant évité la prison... La traduction progressait mot à mot quand s'ouvrit la porte d'entrée. C'était lui, avec sa femme. Absorbés par leurs découvertes, les habitués avaient laissé le temps filer. Il était vingt-trois heures, *La Walkyrie* était finie et « Queue-de-renard » avait dû se dépêcher car le voici, arrivé aux Lapins avant le reste des festivaliers. Il arborait une expression enjouée.

« Je peux... ? » demanda-t-il poliment, indiquant le portemanteau.

Peggy transpirait, son maquillage luisait, il semblait urgent qu'elle se débarrassât de sa fourrure. Lui serait plus à l'aise sans ce trench-coat qui rendait sa silhouette vaguement inquiétante. D'ailleurs, il tenait à réparer la mauvaise impression qu'il avait produite la veille. Alors qu'il venait d'accrocher les manteaux et que les habitués, pendant ce temps, s'étaient hâtés de regagner leur place, il s'avança, balaya d'un regard songeur les volumes de la pièce, ses objets, ses lapins, puis revenant aux hommes attablés devant lui :

« C'est un chouette endroit qui vous sert de cénacle… Il respire la franchise, la convivialité, autant de choses rares aux États-Unis et qu'aucun touriste en mon genre ne devrait jamais troubler – certains jardins ne mériteraient-ils pas de rester secrets ? À propos de jardin, je souhaite vous présenter mes excuses pour la zizanie que j'ai semée hier et vous demander la faveur d'accepter en guise de partiel dédommagement que je vous offre une tournée. »

Les destinataires de cette proposition, qui n'en avaient bien compris que la fin, se tinrent cois. Henry-Moshe (appelons-le ainsi) pivota vers le patron.

« C'est surtout à vous que je dois des excuses. Dans votre établissement, sous votre nez, j'ai pris des libertés auxquelles vous avez eu raison, mille fois raison, de mettre des limites. Un peu brutalement certes, mais brutalité rime avec entièreté et n'est-ce pas pour cette qualité que sont appréciés les Franconiens, qui portent si bien leur nom[22] ? Avec vous, pas de ruse. On dit ce qu'on pense, on fait ce qu'on dit. Ça me plaît. Allez ! Je vous prie de servir à ces messieurs une chope de votre bière la plus fraîche. Cette tournée est pour moi et je la paye tout de suite, les bons comptes font les bons amis. »

22. Le nom « Franconie » et l'adjectif « franc » viennent du peuple franc.

Se palpant le corps en quête de son portefeuille, Henry-Moshe poursuivit :

« Si je peux abuser de votre gentillesse, vous me feriez un plaisir indicible en préparant pour mon épouse et moi – nous partagerons – quelques saucisses de Nuremberg et ce jarret de porc en sauce dont on m'a tant parlé. Nous n'avons pas dîné et je dois vous avouer…

– La cuisine est fermée », l'interrompit M. Schopenhauer, bras croisés, la moustache immobile.

Henry-Moshe releva un regard alarmé.

« Vraiment… ? »

Il croyait pourtant que les soirs d'opéra, les horaires de la cuisine étaient aménagés. La veille, n'avait-il pas vu des échines, des quenelles, des escalopes servies jusqu'à minuit ? En ce moment même, un habitué n'entamait-il pas un vaste *Schnitzel* flanqué de frites et d'une belle salade verte ?

« Vraiment », confirma le patron.

Le service nocturne relevait d'une courtoisie de sa part, à la tête du client. Celui-ci ne méritait aucune exception. Sous son masque fermé, cependant, M. Schopenhauer hésitait. Il avait affaire à un homicide, ce qui ne l'effrayait nullement mais plutôt que de le contrarier, n'était-il pas astucieux de lui donner ce qu'il voulait afin de l'endormir, l'observer, décider plus tard ce qu'on ferait de lui ? Au demeurant, il venait de poser sur le comptoir un billet de cent euros. Homicide ou non, il était généreux. M. Schopenhauer le fixa longuement pour lui signifier que c'était lui le chef et qu'on ne l'achetait pas. Puis, sans bouger d'un millimètre, il ajouta :

« Mais je vais voir ce que je peux faire. »

À leur arrivée, les festivaliers eurent donc la surprise de découvrir Henry-Moshe et Peggy attablés comme au restaurant, attendant leur plat en se partageant une bouteille d'eau minérale. Elle se tenait droite, lui, avait accroché sa serviette au col de sa chemise. Leur table se trouvant près de l'entrée, les festivaliers ne pouvaient l'éviter pour rejoindre la leur ; le jeune homme en profita pour saluer chacun d'eux cordialement. Que fallait-il répondre ? L'indécision redoubla lorsque Henry-Moshe, s'avisant qu'il était inconvenable de n'offrir à boire qu'aux habitués, pria le patron d'élargir sa tournée aux nouveaux arrivants. Devait-on accepter ? Et maintenant qu'on avait accepté, allait-on se compromettre jusqu'à le remercier… ?

Comme de coutume, Moshe et Petula entrèrent depuis le *Biergarten*. Leur attention se porta immédiatement sur le jeune homme dont l'attitude les surprit, eux aussi. Ils s'étaient attendus à ce qu'il fût tourné vers eux, prêt à charger. Au lieu de quoi, avec son air enjoué, cette serviette en papier dépliée sur sa chemise, il évoquait un paisible amateur de bonne chère. À la surprise succéda la méfiance tandis que le patron leur apportait une chope de bière et un verre de sylvaner dont ils comprirent, à son expression embarrassée, qu'ils étaient offerts par le rouquin. Celui-ci leur adressa un petit salut du bout des doigts, bienfaiteur qui se signale discrètement.

Moshe et Petula s'installèrent. Un téléphone circulait sous les tables, atterrit sur leurs genoux ; sa luminosité rendait éblouissant l'article du *New York Daily News*. Les yeux de Petula s'agrandirent. D'une pression de la main, Moshe lui intima de se contenir. Pour l'instant, mieux valait faire comme si de rien n'était. C'est dans cet esprit qu'un festivalier apostropha le critique. Le débat de la veille s'était arrêté sur la question des voix. Après quatre heures de *Walkyrie* (six heures avec les entractes et les applaudissements), on avait assez de matière pour juger la performance de Wotan et Fricka, déjà présents dans *L'Or du Rhin*, et surtout celle des chanteurs qu'on avait découverts dans le rôle de Siegmund, Sieglinde, Hunding, Brünnhilde : qu'en avait pensé Moshe ?

« Très chers amis », commença-t-il.

Il s'était levé, souriant, embrassant l'assemblée de regards dont l'un effleura son neveu pour constater qu'il ne l'écoutait pas. M. Schopenhauer avait apporté les saucisses et Henry-Moshe, contemplant le plat, se frottait les mains d'impatience.

« Chers amis, reprit le critique, un peu déstabilisé. Je parlerai des chanteurs mais j'aimerais, avant cela, revenir un instant sur la mise en scène. Hier soir, une personne parmi vous a exercé son droit parfaitement légitime à contester mon point de vue sur le sujet… »

Moshe marqua une pause destinée à son neveu. En guise de réponse, il n'obtint qu'un silence. Le jeune homme goûtait sa première saucisse de Nuremberg et cette spécialité lui plaisait manifestement. Il en découpa un second bout, y planta sa fourchette, l'amena à la bouche de sa femme en l'encourageant d'un regard plein de tendresse.

« La mise en scène… », répéta Moshe, encore plus déstabilisé.

Puis, se ressaisissant :

« Hier, la personne dont je parle s'est engouffrée dans les lacunes de ma culture opératique. Loin de lui en vouloir, je lui en suis reconnaissant. Ses opinions m'ont forcé à réexaminer la pertinence des miennes. Ces productions qu'il a eu la chance de voir, moi pas, m'ont donné une soif de voyages que je n'avais pas éprouvée depuis longtemps… Être wagnérien, c'est pouvoir renaître, c'est savoir se remettre en question, n'avoir pour obsession que de s'améliorer. Wagner lui-même n'a-t-il pas sué, échoué, douté, sué encore pour devenir celui qu'on connaît ? Ne s'est-il pas exprimé puis renié, n'a-t-il pas changé d'avis sur à peu près tous les sujets ? Enfin, n'était-il pas un champion de l'autodérision, le premier à moquer les défauts de son travail et de son caractère pour en tirer des forces décuplées… ? Merci, donc, de m'avoir remis sur le chemin du Maître. Merci de m'avoir rappelé cette évidence qu'en des moments d'orgueil il m'arrive d'oublier : je n'ai pas tout vu, tout lu, tout entendu et je peux, comme tout le monde, me tromper. »

Moshe glissa tranquillement, quoique subitement, de l'humilité à l'assertivité.

« Concernant le travail de Forette, toutefois, je maintiens le bien que j'en ai dit. Ses choix esthétiques, scénographiques, sémiologiques – j'allais ajouter "politiques" – baignent la

Tétralogie d'une lumière dans laquelle tout paraît familier et cependant changé, comme l'intérieur d'une maison dont l'éclairage aurait été repensé. De même que l'homme n'a pas inventé le feu, Louis Forette n'a pas inventé la lumière mais il l'a domptée. Il braque ses projecteurs sur des points, selon des axes qui font émerger des aspects, creusent des gouffres, soulèvent des montagnes là où, avant lui, on ne voyait que du plat. Il révèle. Qu'il ait emprunté divers éléments à ses prédécesseurs ne réduit, au contraire, ni son mérite ni mon admiration. Ses techniques d'éclairage rappellent celles d'Elke Neidhardt ? Excellent. Son *Ring* écologique doit à ceux de Robert Lepage, Otto Schenk, Harry Kupfer ? Magnifique. Wagner, cet économe, l'aurait félicité de faire du neuf avec de l'ancien. Cosima, la conservatrice Cosima, aurait certainement reconnu le respect de la tradition qui structure ses audaces. Wieland et Chéreau, j'en suis sûr, l'auraient traité en fils spirituel[23]. Moi, j'estime que les metteurs en scène sérieux, les mises en scène de qualité sont trop rares pour ne pas être signalés alors je le signale : M. Forette nous a livré un *Or du Rhin* de prix, une *Walkyrie* de race. »

Après cette introduction, Moshe déroula des propos montrant combien la qualité de cette *Walkyrie* confirmait, prolongeait, renouvelait celle de cet *Or du Rhin.* À partir d'ingrédients déjà utilisés, Louis Forette avait su rappeler sans répéter, innover sans trahir. Sa *Walkyrie* continuait,

23. Wieland Wagner et Patrice Chéreau, deux des metteurs en scène ayant le plus marqué l'histoire du festival.

en le précisant, le geste initié par son *Or du Rhin*. Les décors, les costumes avaient changé ; l'esprit demeurait, celui d'une acerbe critique sociale et environnementale, celui de 1848, l'esprit de subversion, de révolution qui avait enflammé le jeune Richard Wagner[24]. Dans ce contexte, il n'était pas aberrant, loin de là, de voir Siegmund figuré par une espèce de punk à chien, Hunding par un banquier ruisselant d'orgueil, Sieglinde par une femme au foyer malheureuse qui rêve de tout plaquer pour devenir infirmière en Afrique. Wotan en patron de PME était un choix plus contestable. Mais le coup de génie, le vrai, c'était Brünnhilde en militante féministe, peut-être Femen, en tout cas seins nus, les cheveux bleus, radicalement opposée à ses sœurs, huit filles modèles en mocassins, jupe plissée et chemisier boutonné jusque sous un camée, sans oublier le serre-tête… Le topless choquait, bien sûr, mais Brünnhilde *devait* choquer ! Elle était une rebelle enragée par les contradictions et les lâchetés de son père, la bêtise de ses sœurs. Elle était en guerre contre la tyrannie des dieux, de l'argent, des conventions. Elle était assoiffée d'amour et de liberté, affamée de justice et de vengeance, elle était une furie, une moto sans les freins. Devant Brünnhilde, le bourgeois devait trembler. Pourquoi, au fil des décennies, avait-on fait d'elle un personnage de musée ? Pourquoi toujours ces nattes, cette armure ? Brünnhilde n'avait besoin

---

24. Allusion aux mouvements révolutionnaires qui embrasèrent l'Allemagne suite à la révolution française de 1848 (Wagner participa activement au soulèvement à Dresde en mai 1849, ce qui lui valut treize ans d'exil politique).

de rien pour se protéger, seulement de ses poings pour frapper. Adieu les boucles blondes et les casques ailés, bienvenue dans le *Ring* du XXIe siècle. Bienvenue dans le *Ring* de Louis Forette.

Moshe acheva cette tirade avec une satisfaction où sourdait l'inquiétude : qu'allait répondre son neveu ? Il avait par endroits grossi le trait de sa pensée, à d'autres, été de mauvaise foi. La mise en scène lui avait certes plu mais elle n'avait rien de si original. Elle s'inscrivait dans la tradition déjà vieille du *Regietrash* ou *Eurotrash*, comme disent les Américains pour qualifier l'extravagance quasi systématique des productions européennes. Dans le *Tristan* de Simon Stone, Tristan et Isolde n'expirent-ils pas à bord d'une rame de métro ? Dans le *Lohengrin* de Hans Neuenfels, les habitants du Brabant ne sont-ils pas costumés en rats multicolores… ? La nudité, elle, était devenue banale. Les festivaliers avaient tous en mémoire, pour ne citer qu'un exemple, le *Tannhäuser* de Castellucci. Quant à Brünnhilde, les nattes et l'armure n'étaient plus obligées depuis longtemps, *cf.* les *Ring* de Frank Castorf, Dieter Dorn, Günter Krämer, Sven-Eric Bechtolf… Bref, Louis Forette n'avait rien inventé. Moshe le savait. Il avait néanmoins pris le parti – il fallait en prendre un – d'approuver son travail. À présent, il guettait une contre-attaque qui n'arrivait pas. Le jarret de porc venait d'être servi, Henry-Moshe jubilait. La choucroute scintillait, les *Knödel* bullaient dans leur sauce caramélisée, la chair dorée du porc expulsait des fumerolles lorsqu'il y enfonçait sa fourchette, c'était magnifique… ! Tandis qu'il se régalait, sa main s'agitait près de sa joue comme pour battre la mesure d'une musique sacrée.

« Et les chanteurs ? »

La question venait d'un habitué.

« Les chanteurs... ? » psittacisa Moshe, distrait.

L'attitude de son neveu le déroutait, faisait-il diversion ou avait-il réellement renoncé au combat ? Il repensait à l'article du *New York Daily News*. Comment le fils de Dalmatius en était-il arrivé là ?

« Les chanteurs ! s'exclama-t-il enfin. Inégaux, forcément... »

Afin qu'on retînt de son propos l'éloge plus que le blâme, il expédia le cas de Siegmund et de Sieglinde. Il les avait trouvés effacés, à côté de leur voix. Wotan et Fricka l'avaient davantage convaincu : plus impliqués, le cœur y était, même si la forme laissait à désirer. Les aigus de celle-ci « craquaient », ses graves « sombraient » ; quant à celui-là, tout chevronné qu'il fût, pourquoi ne pas refaire quelques exercices de respiration... ? De Hunding, il ne dit rien, ce qui était mauvais signe. En revanche, il s'attarda sur cette jeune Coréenne qu'on connaissait en Eva, en Elsa, en Senta[25] et qui, ce soir, avait étrenné le rôle phare de la Tétralogie. Quelle Brünnhilde ! Quel panache lorsqu'elle reproche à son père d'être si veule ! Quelle émotion quand elle le supplie d'épargner le pauvre Siegmund ; quand, lui ayant désobéi, elle l'implore d'atténuer son châtiment, de lui

---

25. Personnages féminins des *Maîtres chanteurs de Nuremberg*, de *Lohengrin* et du *Vaisseau fantôme*.

couper les ailes et de la chasser des cieux, d'accord, mais de ne pas la livrer sans défense, endormie, au premier violeur de passage… C'était à faire fondre le plus furieux des pères. C'était à regretter de n'avoir eu que deux oreilles et deux yeux au cours d'une performance qui n'inspirait qu'un adjectif, « magistrale ». Pour s'en tenir à la technique vocale, la puissance, l'endurance, le vibrato, le timbre, la diction : rien ne décevait, tout était leçon. Le critique s'enhardit à louer une « édifiante éthique artistique ». Et bien qu'à l'opéra, traditionnellement, l'âge et le physique des chanteurs ne comptent pas, force était de constater que la jeunesse, la beauté, l'impétuosité de Lee Jin Meong (elle s'appelait en réalité Lee Min Jeong) dotaient son personnage d'un mordant peu commun. Naturellement, Moshe n'alla pas jusqu'à dire qu'elle avait de beaux seins mais on sentait que la grâce de son corps avait touché l'esthète. On avait assisté à la naissance d'une étoile. De même que certains se targuaient d'avoir vu Pavarotti dans *Rigoletto*, la Callas en Violetta, eux pouvaient s'estimer chanceux d'avoir vu, entendu, vécu la première Brünnhilde de Lee Jin Meong. Au reste, ce *Ring* était loin d'être fini, qui savait si le meilleur n'était pas à venir ?

Cette question s'acheva dans un silence que des applaudissements, en temps normal, auraient rompu. Mais une tension palpable perturbait les habitudes. Elle provenait de Henry-Moshe. Il n'avait rien écouté. Seul l'intéressait le jarret de porc qu'il mastiquait lentement, béat et somnolent comme si la bouteille d'eau, désormais vide, avait contenu une drogue. Un sourire tranquille flottait sur ses lèvres qu'entraînait le roulis, tranquille aussi, de la manducation. Ses paupières, lorsqu'elles s'abaissaient, tardaient à se relever. Sa main traînait, molle, sur la table. Parfois, dans un regain d'énergie, presque un sursaut, il la posait sur celle de sa femme en s'assurant d'un regard inquiet : « Tout va bien, mon amour ? »

La provocation était évidente. Pour Moshe, ouvrir les hostilités devenait une question d'honneur. Il le fit d'une voix qu'il s'efforça de maintenir courtoise.

« Mon neveu, n'avez-vous rien à dire de cette *Walkyrie* ? »

Henry-Moshe mit quelques secondes à se rendre compte, ou plutôt le feindre, qu'on s'adressait à lui. Il déglutit, posa ses couverts. Puis, se tournant vers Moshe :

« Vous parliez… ? »

Le silence glacial qu'il récolta lui laissa le temps d'arracher la serviette qui pendait à son cou, de la plier, de s'en tamponner la bouche.

« Toutes mes excuses, je souffre d'un faible pour la gastronomie… De l'opinion que vous avez formulée, je ne doute pas qu'elle soit juste et plus qualifiée que la mienne dont je m'étonne qu'elle puisse vous intéresser. Si toutefois vous souhaitez la connaître, auriez-vous l'amabilité de bien vouloir répéter la vôtre… ? »

Le public se demandait comment allait réagir Moshe. Sa réaction fut contrôlée. Il se résuma puis se tut. Cette fois, Henry-Moshe l'avait écouté. Quand le silence fut revenu, son regard exprima une interrogation, il voulait être sûr que la parole était maintenant à lui.

« Eh bien ! *mon oncle*, commença-t-il en soulignant ces mots, vous risquez d'être déçu si vous espériez une controverse. Je suis d'accord avec tout ce que vous venez de dire. Un Siegmund et une Sieglinde "à côté de leur voix" ; un Wotan, une Fricka impliqués mais brouillons ; c'est exactement cela. Concernant Lee Min Jeong – je me permets de signaler que vous avez écorché son nom, rien de condamnable, il faut avouer que d'un point de vue occidental les noms asiatiques se ressemblent beaucoup –, je vous rejoins mot pour mot. C'en est troublant. On croirait que mes pensées ont migré dans votre esprit, sont passées par…

– Arrête tes simagrées. »

Debout, les poings contre la table, Moshe n'avait pu retenir cet élan de franchise. Son exaspération avait atteint un niveau tel que le vouvoiement ne lui était plus possible. Il enchaîna :

« Hier je racontais des conneries, aujourd'hui je lirais dans tes pensées ? Tu te moques de moi et ça n'a, je le sais, aucun rapport avec Wagner. Tu es venu pour parler de ton père. Parlons-en. Que veux-tu savoir ? »

Henry-Moshe demeura interdit.

« Mon père… ? s'étonna-t-il. Quelle idée ! Si j'étais venu pour parler de lui, nous l'aurions déjà fait. Vous vous trompez. Je suis ici en mélomane, en humble wagnérien animé de questions strictement musicales ou à défaut, comme maintenant, d'ordre culinaire. Connaîtriez-vous la recette de cette sauce ? Elle est divine… »

M. Schopenhauer se dressait dans son dos. La recette, il aurait pu la lui donner ; dans l'immédiat, c'est plutôt un coup de chope qu'il rêvait de lui assener… Moshe se contenta d'un soupir dédaigneux qui finit en quinte de toux. Il reprit une respiration qu'accompagna un étrange sifflement et, faisant mine que ç'avait été son intention initiale, déclara :

« Mes amis, chère Petula, il se fait tard pour le vieux Moshe. Je suis fatigué et j'aimerais, avant de me coucher, consigner quelques-unes de mes impressions sur l'extraordinaire *Walkyrie* à laquelle nous avons eu droit. Je vous quitte mais refuse que mon départ abrège une si belle soirée : reprenez tous un verre, cette tournée est pour moi. La note de ce jeune homme également et qu'il n'hésite pas à prendre un dessert, le *Käsekuchen* est excellent, à moins qu'il ne préfère goûter le *Strudel*… ? »

Il interrogea son neveu d'un regard signifiant qu'il maîtrisait aussi l'art du faux-semblant et qu'au jeu du plus con, il ne perdrait pas. D'un regard redevenu franc, il s'assura auprès du patron qu'il pouvait le régler plus tard. Enfin, tel un aigle, son regard balaya l'assemblée d'un vol majestueux qui s'arrêta sur Petula. Il prit sa main, s'approcha de son oreille, y chuchota un mot qui la fit rire avant qu'elle ne l'exhortât à partir. Qu'il s'en allât, s'il était fatigué ! On avait besoin de lui en forme jusqu'à la fin de la Tétralogie. Moshe rassembla ses affaires, salua son public. Ce n'est qu'arrivé devant la porte, l'ayant ouverte, qu'il fut arrêté par un cri. Il se retourna. Son neveu s'était à moitié levé pour lancer « Attendez ! » avec une force que rien ne justifiait, ni la courte distance qui les séparait ni la question qu'il posa aussitôt :

« Brünnhilde chantait juste ? »

Moshe ne comprenait pas.

« Pardon… ? fit-il avec une mimique ahurie.

– Lee Min Jeong, cette soprano incarnant Brünnhilde dont vous avez loué la performance vocale, selon vous, donc, elle chantait juste ? »

À présent, Moshe comprenait. Henry-Moshe lui tendait un piège dont il semblait fier, un fin sourire vibrait sur son visage. La justesse est en musique un concept aussi fondamental qu'insaisissable, à la fois simple et vertigineux. Sa perception dépend de variables que les ordinateurs décryptent mal pour une monophonie, plus du tout pour une symphonie, pire un opéra où s'entremêlent jusqu'à cent lignes mélodiques malmenées par l'humidité, la température, la réverbération, l'humeur des anches, des estomacs, des peaux de timbale, des cordes vocales et instrumentales. Son appréciation diffère d'un auditeur à l'autre, d'un jour sur l'autre, selon qu'on joue du Bach, du Mozart, du Wagner. Il est des cas où jouer juste, c'est en fait jouer faux et inversement. Il existe sur le sujet des théories aussi savantes qu'inutiles car la justesse ne s'explique pas, elle se sent, le mieux pour cela restant une bonne oreille, celle qui, tout de suite, repère que le problème vient des cors, de la flûte solo, du baryton ou de la contralto. Cette oreille, Moshe ne l'avait jamais eue. Ça ne s'arrangeait pas avec l'âge. Après un concert, avant de rendre son verdict, il glanait discrètement des avis sur ce point. S'il n'avait pu s'en procurer de suffisamment fiables, il noyait le poisson dans de grandes phrases littéraires. Lui signalait-on après coup qu'une chanteuse qu'il avait encensée chantait faux, il protestait : « Je n'ai jamais dit le contraire ! Chanter faux n'empêche pas de chanter bien. Les défauts, Dieu merci, n'excluent pas la beauté… » Certains savaient qu'il manquait d'oreille, personne n'en parlait. Mais le voici acculé, sommé de se prononcer clairement sur le cas de Lee Min Jeong.

« Oui », répondit Moshe.

Il s'était lancé dans le vide, comme on joue à pile ou face. La justesse n'étant pas une science exacte, on peut toujours débattre. Mieux valait se tromper puis se défendre que se montrer incertain. Henry-Moshe le fixait avec intensité. Son sourire avait cessé de vibrer.

« Vous en êtes sûr… ? » insista-t-il.

D'après son air goguenard et victorieux, il était évident qu'il pensait le contraire. À moins qu'il ne prît plaisir à mettre le critique en difficulté, montrer à tout le monde qu'en matière de justesse il doutait ? Moshe se demandait si l'attaque avait été préméditée. Henry-Moshe connaissait-il son point faible ou le supposait-il ? L'avait-il appris d'autres festivaliers, de la bouche de son père… ? Cette dernière hypothèse était probable. Dalmatius lui disait souvent qu'il avait l'ouïe aussi aiguisée qu'un couteau à beurre. Ce n'était pas hilarant mais ça restait une plaisanterie. De là à en parler sérieusement à son fils, dans son dos ? La plaisanterie devenait un secret violé, une petite trahison d'outre-tombe. Quoi qu'il en soit, Moshe ne pouvait tolérer cette énième provocation. Il était sur le point de répliquer lorsqu'une toux pire que la précédente le priva de ses moyens. Il glissa un regard dans le creux de sa main pour y découvrir des projections rosâtres. La tête lui tournait. Il devait fuir avant que ses problèmes de santé n'éclatassent en public. Aussi, renonçant aux tirades dont il était capable, il se contenta d'un « Oui » fébrile.

Petula trouva son fils devant un documentaire sur les orangs-outans. Sa tête penchait vers son épaule, la télécommande pendait au bout de son bras. Elle crut qu'il dormait, non, ses yeux suivaient la progression d'un grand mâle dans la canopée. Il ne lui accorda qu'un bref regard oblique. En période de festival, Christian lui faisait payer les heures qu'il passait à l'attendre. Elle l'embrassa, s'assit à côté de lui sur le canapé de cuir blanc. L'orang-outan utilisait ses jambes, ses bras, son bassin souple, étroit, comme autant de balanciers. Tombé au sol, il promenait autour de lui des regards tranquilles cependant qu'une voix off parlait de braconnage, d'incendies, de déforestation massive, de mères abattues, de bébés capturés pour devenir animaux de cirque ou de compagnie. Petula se sentait triste et fatiguée. Seule, surtout. Elle aurait aimé pouvoir se confier à son fils, lui parler de ces wagnériens dont l'unique passion en dehors de Wagner était de critiquer le moindre de ses choix. De Moshe, son allié, qui vieillissait. De Henry ou Moshe, peu importe, ce rat venu gâcher la fête… Il avait des comptes familiaux à régler, admettons, pourquoi le faire à Bayreuth, pendant *son* festival, *sa* Tétralogie ? L'orang-outan s'était mis à marcher, son allure évoquait un trot dégingandé, il sautillait dans les fougères, et Petula repensait à l'article du *New York Daily News*. Un homme qui a tué peut tuer à nouveau. Qui savait si Henry, las d'attaquer verbalement, n'allait pas mettre le feu aux Lapins franconiens... ? Les orangs-outans, poursuivait la voix off, vivent en société à dynamique de fission-fusion. Ils se groupent pour certaines activités telles que dormir ou voyager, se séparent pour chasser. Sur les îles de Java, de Sumatra et de Bornéo, dont ils sont endémiques, ce mode d'organisation leur avait assuré une existence relativement paisible pendant quinze millions d'années. Hélas, constatait la voix off en s'efforçant de rester neutre, rien ne les avait préparés aux bouleversements de ces dernières décennies. Déjà disparue de Java, balayée des forêts devenues d'immenses champs de palmiers à huile, leur population avait été réduite de moitié depuis 1999, et leur état de conservation « CR » signifiait « danger critique ». L'extinction était proche.

« C'est quoi, pour toi, être wagnérien ?
– Hein ! » fit Dalmatius, intéressé par la question.
Il débouchait une bouteille de pomerol.
« Au niveau le plus simple : connaître, apprécier la musique de Wagner. Au niveau supérieur, c'est considérer que l'œuvre du Maître est assez riche pour que l'on puisse tout voir, tout vivre à travers elle. Un prisme, un monde où se trouvent à boire et à manger, de la joie, des encouragements pour les moments de doute, un réconfort pour chaque peine. C'est faire d'une dizaine d'opéras, en quelque sorte, la bande-son de sa vie. Découvrir la chair avec Siegfried, la mort avec Isolde, Dieu avec Parsifal ; rire des coups de marteau du père Sachs, se marier sur la Marche nuptiale, avoir les yeux qui piquent lorsqu'on écoute la Romance à l'étoile[26]. C'est un romantisme. Croire à l'amour absolu, au héros qu'on porte en soi. Accepter le tragique de l'existence pour mieux le dépasser. C'est chercher le vertige, la

26. Dans *Les Maîtres chanteurs de Nuremberg*, lors d'une sérénade, Hans Sachs est chargé de marquer d'un coup de marteau chaque faute de chant que commet son confrère Beckmesser ; les fautes s'avèrent si nombreuses que Sachs n'arrête pas de frapper, ce qui offre une scène comique. La Marche nuptiale de *Lohengrin* est, avec celle du *Songe d'une nuit d'été* de Mendelssohn, un classique du genre. La Romance à l'étoile est l'air célèbre de Wolfram von Eschenbach dans *Tannhäuser*.

transe, abhorrer la prudence et la médiocrité. Défendre le bien et mépriser le mal, pas ceux dictés par la morale bourgeoise, ceux qu'on ressent dans ses tripes. C'est aussi lâcher prise. Laisser la musique de Wagner déployer en nous un réseau de correspondances, de racines qui s'enfoncent dans notre subsconscient, l'irriguent au point que cette musique se confonde avec nous, nous emporte où elle veut. Enfin c'est être beau, intelligent et parler allemand. *Möchtest du ein Glas Wein ?* »

Moshe sourit. Cette définition le satisfait, lui fait envie.

Road trip sur la côte est du Massachusetts. Il ne s'agissait que de quelques jours passés dans des pensions douillettes, des restaurants gastronomiques, à bord d'une Corvette qui sentait le cuir neuf et l'eau de Cologne, l'aventure était relative. Cependant, Dalmatius et Moshe n'ayant pas l'habitude de voyager ensemble, pour eux, cette escapade avait le goût d'une fugue. Ils avaient commencé par Cape Ann, étaient redescendus en traversant Boston sans s'arrêter, direction Cape Cod et sa longue péninsule en forme de crochet. Rapidement, les phares s'étaient imposés comme le thème du voyage. La région n'en manquait pas. Il y en avait des blanc et rouge, proprets, accueillants ; de grands et maigres en pierre grise, sinistres ; des vieux désaffectés, proches de l'éboulement ; des jeunes, robustes, technologiques, évoquant des tours de contrôle. Chacun d'eux fournissait l'occasion d'une pause, parfois du déjeuner ou d'un verre, toujours d'explications que Dalmatius semblait tirer d'un vaste savoir inné. Tel phare avait été le premier érigé sur le continent américain ; tel autre, à signaler un danger et non l'entrée d'un port ; celui de Nauset devait son nom au peuple Nauset ou « Indiens du Cape Cod » ; celui de Minot's Ledge avait assisté, impuissant, à plus de cent naufrages…

C'était l'hiver. Il arrivait que de la neige tombât en flocons lourds, vite absorbés par les embruns. Sur les plages de galets, le givre faisait comme une écume figée. Dalmatius fumait deux paquets de Winston par jour. Sous un blouson de cuir noir, il portait d'élégants cols roulés. Moshe se souvient de ses mains éternellement occupées à chercher une cigarette ou chiquenauder un mégot par la fenêtre, toucher aux rétroviseurs, essuyer une buée qui revenait sans cesse, lancer des appels de phare. Ce n'étaient pas des mains de pianiste, plutôt des mains de chef faites pour battre une mesure claire, couper net un point d'orgue, exhorter, calmer les instruments trop mous, trop excités. Elles étaient épaisses et carrées, toujours contrariées, enthousiastes, pleines d'une vie impatiente et déterminée.

Dalmatius racontait l'histoire d'un baryton-basse qui vivait sur cette côte. Un soir qu'il était attendu à l'Opéra de Boston dans le rôle du Hollandais[27], il ne s'y était pas présenté. Sa voiture avait été retrouvée, portières ouvertes, sur un parking face à la mer. Il s'apprêtait à se marier et n'avait laissé aucune lettre, aucun indice d'idées suicidaires. On ne lui connaissait pas d'ennemis,

27. Personnage principal du *Vaisseau fantôme*. Pour avoir défié Dieu, il est condamné à errer sur les mers, malédiction dont seul l'amour d'une femme peut le délivrer.

de problèmes particuliers. Son corps n'avait pas été recraché par la mer bien que les courants, dans cette baie, ramenassent toujours tout sur la plage. Volatilisé. Les théories avaient proliféré. Certains prétendaient qu'il s'était investi dans son personnage au point de le *devenir* ; d'autres, qu'il avait été abattu par une maîtresse secrète, un rival jaloux, enlevé par des extraterrestres souhaitant s'offrir le divertissement d'un chanteur humain… L'enquête n'avait rien donné et Dalmatius, qui se disait très rationnel, devait admettre qu'il en était troublé.

« Putain !

– Hein ? » sursauta Moshe, qui s'était assoupi.

Ils roulaient dans la nuit. Les phares de la Corvette cinglaient une route aux bandes jaunes.

« Ça n'a duré qu'une fraction de seconde, un flash, mais je suis sûr que c'était lui… »

Dalmatius était blême. Ses yeux, paniqués, ne lâchaient pas le rétroviseur intérieur.

« Quoi… ? fit Moshe. Qui ? précisa-t-il en se redressant sur son siège.

– Selon toi ?! Le type dont je t'ai parlé hier, le Hollandais, putain de merde… »

D'abord interdit, Moshe sentit la peur le gagner. Il fronça les sourcils, se tourna vers Dalmatius mais déjà celui-ci, jugeant son coup réussi, commençait à pouffer de rire.

Un matin, la neige avait tenu. Il n'y avait plus de couleurs ni de vie. Le ciel était vide d'oiseaux, les plages blanches et la mer sombre, si plate qu'on l'aurait crue gelée. Dalmatius avait inséré dans l'autoradio le troisième acte du mythique *Parsifal* de Knappertsbusch à Bayreuth en 1951. La qualité de l'enregistrement laissait à désirer, l'usure de la bande n'arrangeait rien, ça n'avait pas d'importance pour Dalmatius qui remarquait à peine le crépitement parasite. Pour Moshe, c'était moins évident. Il ne fut réellement transporté que par l'Enchantement du Vendredi saint. Cette page avait été composée par un homme du XIXe siècle, un révolutionnaire exilé en Suisse, suprêmement ému par le spectacle du printemps alpin, son cortège de fleurs et de vaches tintinnabulantes. On était loin du Massachusetts et de ses rives enneigées. Néanmoins, il semblait à Moshe que si le décor était différent, l'esprit était respecté, celui d'une contemplation, d'une musique qui s'agenouille devant la beauté du monde.

Ils étaient attablés dans un restaurant de crustacés surplombant l'océan. La carte proposait un choix généreux de champagnes. Cela faisait dix ans jour pour jour qu'ils se connaissaient. Ni Moshe ni Dalmatius ne raffolaient des conventions, surtout en matière affective, mais ils pouvaient tout de même trinquer… Immergé dans un seau, le Veuve Clicquot resta frais jusqu'à la fin des plats.

« C'est dingue », remarqua Dalmatius.

Le visage de côté, il balayait la mer d'un regard difficile à interpréter.

«J'allais la quitter, tout était prêt, et elle m'annonce qu'on sera bientôt trois. »

Des rires éclatèrent à une table voisine.

« Jane est enceinte ? » reformula Moshe, abasourdi par cette nouvelle et plus encore par la façon dont il l'apprenait.

Sans doute Dalmatius perçut-il un reproche car il monta aussitôt au créneau.

« En effet, Jane, *ma femme*, insista-t-il, est enceinte. Ce sont des choses qui arrivent, non ?

– Non, répliqua Moshe. Je croyais que vous ne dormiez plus sous le même toit, qu'elle était rentrée vivre chez ses parents, à la campagne.

– C'est le cas. Mais il arrive qu'elle passe à Boston ou que je lui rende visite. L'appartement lui appartient pour moitié et ses parents m'ont toujours traité comme leur fils, je ne pouvais pas disparaître du jour au lendemain. »

Moshe regrettait d'avoir bu. Il aurait préféré avoir les idées claires pour rappeler à Dalmatius la liste de ses atermoiements, de ses promesses non tenues. Voilà une décennie qu'il le menait en barque, parlait de rompre avec Jane, de n'être plus qu'à lui. Cent vingt mois en pure perte ? Non. Dalmatius était entré dans la cour des grands. Il avait dirigé l'orchestre de Cleveland et de Philadelphie. Il avait eu sa belle tête de quadragénaire, poing au menton, en couverture de *Musical USA*. Moshe, pendant ce temps ? Des traductions, des piges pour un salaire ridicule face au coût de sa vie entre l'Amérique et l'Europe. À Munich, les questions, l'incompréhension de sa mère vieillissante. À Boston, l'attente que Dalmatius l'appelât. Des allers et retours avec correspondance entre un pays qui ne serait jamais le sien et un qui ne l'était plus vraiment. Le flou. La solitude. Certes, il était devenu critique. Il s'était fait un nom pour avoir, le premier, ovationné le « *Ring* du centenaire ». Depuis, on sollicitait son avis, on lui offrait des places d'opéra, des boîtes de chocolat. Ces attentions ne payaient pas son loyer. Si encore il avait joui d'une trépidante vie culturelle et sociale, mais Boston n'est pas New York, Munich pas Berlin. Au reste, par sa plume, il n'espérait impressionner qu'une personne et c'était celle, précisément, qu'il impressionnait le moins. Pour Dalmatius, ses critiques relevaient d'un jeu potache qui lui arrachait un ou deux « Oh! », rien de plus, lorsqu'il trouvait le temps de les lire en diagonale. Rien qui ne méritât une attention sérieuse. Il était le maître et Moshe demeurait l'étudiant fraîchement débarqué.

Sa femme, Dalmatius en parlait comme d'un poids, d'une rude Irlandaise qui, fors ses qualités de parfaite ménagère, ne faisait que ralentir sa carrière. Telle n'était pas l'opinion que Moshe s'était formée d'elle en la rencontrant, encore moins en la fréquentant après qu'il eut été introduit chez eux lors de grands dîners puis de dîners intimes, d'autant plus embarrassants que Dalmatius ne se privait à table d'aucune plaisanterie ambiguë. Jane était une femme réservée. Elle inspirait à Moshe une pitié sans condescendance, la vraie compassion de celui qui « souffre avec » car tous deux subissaient le même genre de tyrannie. Il ne la considérait pas comme son adversaire. Il lui était presque égal que Dalmatius la quittât pour lui ou l'inverse pourvu qu'il prît une décision.

Dix ans : le temps qu'il avait eu pour régler cette situation. Maintenant qu'elle était plus embrouillée que jamais, il jouait au type pris de court, qui ne peut faire des miracles "du jour au lendemain". Moshe n'était plus ce gamin que Dalmatius pouvait mystifier à sa guise. En cet instant, il brûlait d'envoyer la fin de son assiette sur le duvet de son col roulé…

« Je sors », dit-il.

Dehors, le froid et le vent l'apaisèrent immédiatement. La mer s'était levée, de grosses vagues s'écrasaient sur les plages. Dans le ciel, un nuage de mouettes se disloquait au gré des rafales. Se remémorant la configuration du cap, Moshe songea que devant lui, à quelques milliers de kilomètres, se trouvaient le Vieux Monde et le pays de son enfance, coupé en deux. Il n'avait pas envie de rester ici, pas envie de rentrer là-bas.

« On va l'appeler Moshe. »

Dalmatius venait de le rejoindre. Les poings plantés dans les poches de son blouson, le regard au loin, serein, il posait. Ses cheveux claquaient au vent.

« Quoi… ? grimaça Moshe.

– Jane en est à cinq mois. Nous savons déjà qu'elle attend un garçon et j'aimerais qu'il s'appelle Moshe, comme toi, comme plusieurs de nos ancêtres. Qu'en dis-tu ? »

Ce qu'en disait Moshe? Que cette grossesse, ce « nous » lui donnaient la nausée. Que Dalmatius était un monstre d'avoir proposé, plus vraisemblablement imposé à sa femme que leur fils portât le prénom de son amant. Qu'il ferait mieux de laisser leurs ancêtres en dehors de cette histoire. Que le bonheur promis depuis si longtemps, toujours imminent, venait de reculer derrière l'horizon. Qu'il était fatigué. L'ensemble fut résumé par un « Pfff » sarcastique.

« J'ai recommandé une bouteille de champagne », déclara Dalmatius.

Il essayait en vain de s'allumer une cigarette. Dans la bourrasque, son briquet ne produisait que des étincelles. Il le rangea, coinça la Winston derrière son oreille, tourna vers Moshe un visage pétillant d'une soudaine malice.

« Il me reste une nouvelle à t'annoncer…

– Laisse-moi deviner, tu veux que je sois la marraine ? »

Dalmatius sourit à pleines dents, heureux que son cousin eût recouvré le sens de l'humour. Cependant, il faisait fausse route. La nouvelle était d'ordre professionnel. On l'avait invité à diriger le meilleur orchestre des États-Unis, une phalange qu'avaient commandée Pierre Boulez, Bernstein évidemment, Toscanini et Gustav Mahler, le Philharmonique de New York, mais les souvenirs de Moshe n'allèrent pas jusque-là, des coups légers venaient de percuter la porte de sa chambre.

« Monsieur Greibnish… ? »

Il était trois heures quarante. Ce n'était pas la première fois que Mme Wagner se levait pour se rendre aux toilettes. Les fois précédentes, sur le chemin du retour, elle s'était contentée de s'arrêter devant la porte, d'y coller son oreille pour tenter de comprendre si son hôte dormait et de quelles extravagances résultait que sa lumière fût encore allumée. Cette fois, elle n'y avait pas tenu. Dès l'aller, préférant risquer de le réveiller que de supporter plus longtemps le poids du doute, elle avait frappé.

« *Griebnisch*, corrigea Moshe.

– Griebnisch, pardon… Tout va bien… ? » s'enquit-elle, déstabilisée par le ton glacial auquel elle ne s'était pas attendue.

Pas trop mal, merci. Je repensais à l'amour de ma vie. Il s'appelait Dalmatius. Il avait un orgueil effroyable, son égoïsme ne connaissait aucune limite mais son charme, croyez-moi, était irrésistible. Il avait de beaux cheveux gondolés, un nez de Juif, des mains de batelier. Il possédait une sensibilité musicale que je n'ai rencontrée chez personne. Un homme ? Désolé, j'aurais dû commencer par là : notre passion, mille excuses si cela vous choque, fut homosexuelle. Ce n'est pas tout, attendez, il était marié et son épouse le croyait en concert ou en répétition tandis que nous batifolions… Rassurez-vous, c'est terminé. Il est mort il y a quelques années, un accident de taxi dont j'ignore les détails. Je ne sais pas davantage ce qu'il était devenu, je veux dire physiquement, personnellement ; concernant sa carrière, vous trouverez tout sur Internet, il vous suffit de chercher « Dalmatius Griebnisch ». Comme moi, en effet, nous étions cousins, je reviendrai sur ce point… Avant cela, consultez sa page Wikipédia. Vous y lirez la liste de ses hauts faits, des médailles qu'il a reçues, des orchestres qui se sont embrasés sous sa baguette magique ! Je parle d'une baguette bien qu'en réalité Dalmatius dirigeât à mains nues, parfois sans les mains, rien qu'avec son regard, celui-là même qui m'a séduit et, lorsqu'il se mettait en colère, me terrifiait. Sur Wikipédia, donc, vous apprendrez la dilection qu'il avait pour Beethoven, Brahms, Strauss et Wagner, bien sûr, qu'il plaçait au-dessus de tous. Remarquez cependant qu'il n'a jamais été admis au rang des grands chefs wagnériens, jamais été invité à Bayreuth et que ça le rongeait. Il ne comprenait pas. Jusqu'à son dernier jour, je suis prêt à le parier, il a attendu un appel, une lettre… En parlant de Wagner, c'est d'ailleurs lui qui m'a converti, convaincu de venir ici même où je me suis fait un nom il y a plus de quarante ans. Naïvement, je pensais qu'il serait fier de moi mais il ne supportait aucune ombre. Plus je m'élevais en tant que critique, plus il sombrait dans l'amertume de ne pas être appelé sur la Colline sacrée. Revenons à Internet, « la Toile », comme on dit. Pendant que vous arpenterez ses fils arachnéens, offrez-vous un détour par mon blog. Vous y trouverez d'intéressants propos ainsi qu'une photo de moi jeune. Je n'étais pas Peter Hofmann[28], cependant j'étais mince et j'avais les traits fins, le nez droit. J'ai grossi. Mon nez ressemble maintenant à une verrue géante. On l'a trop entendu mais c'est vrai, la vieillesse est un naufrage… Heureusement, mon naufrage devrait être rapide. Je tousse comme un gueux et m'essouffle au moindre mouvement. La clinique m'a laissé trois messages pour m'expliquer de

28. Chanteur allemand d'opéra et de rock/pop, resté célèbre pour son interprétation de Siegmund dans le « *Ring* du centenaire », ainsi que pour sa beauté et son destin tragique.

quoi il retourne. Ce doit également être écrit dans le courrier, juste là, que je refuse d'ouvrir. Je préfère ne pas savoir, me réfugier dans l'art et le dédale brumeux de la mélancolie. Je préfère boire. Pas de la bibine, attention, un Ragnaud-Sabourin « Hors d'Âge » ! D'ailleurs, que diriez-vous d'entrer et de partager cette bouteille avec moi ? Elle est bien entamée mais titre tout de même à quarante-six degrés, une goutte vous suffira. Entrez, nous ferons connaissance, vous me confierez vos peines, peut-être même deviendra-t-on amis, se laissera-t-on aller à s'appuyer l'un contre l'autre, tête contre épaule, très tendrement… Vous aimez la musique ? J'en mettrai et vos sens, doucement, commenceront à s'emmêler. Vous sentirez l'alcool des notes, la poésie du cognac s'emparer de votre âme, dissiper vos tracas, vaincre l'inutile Volonté. Vous songerez vous aussi à vos amours perdues, à celles encore possibles, il n'est jamais trop tard, c'est vous qui le direz, nous rirons et tout cela, j'en suis sûr, te rendra moins pète-sec, te fera passer l'envie de me les briser menu parce que mes insomnies te coûtent quelques centimes d'électricité qui ne sont pas inclus dans tes prix usuriers. Ma proposition ne te tente pas, sans regret ? Alors va au diable avec tes chapeaux de jardinage et tes pantoufles horribles !

« Tout va bien », soupira Moshe, se massant les paupières.

Une très belle lettre, en effet, répondit Emma. Une si belle lettre, Harriet, qu'en définitive je soupçonne qu'une de ses sœurs l'ait aidé à l'écrire. J'imagine mal le jeune homme que j'ai entendu converser avec vous l'autre jour s'exprimer ainsi de lui-même, pourtant le style n'est pas celui d'une femme ; non, assurément, il est trop appuyé et concis, trop peu diffus pour être celui d'une femme[29].

Cette lecture fut interrompue par un pouffement.

« Harry… ? » fit Peggy sans cesser de mastiquer son chewing-gum.

Cela faisait vingt minutes que, face au miroir de la salle de bains, Henry se repassait la soirée aux Lapins franconiens. Depuis la chambre, Peggy ne percevait que des chuchotements. « "Ses choix sémiologiques… Wotan chef d'entreprise… Quel panache !" » Ensuite, Henry s'imitait lui-même. « Vous parliez… ? Désolé, je souffre d'un faible pour la gastronomie… » Excédée, Peggy venait de refermer son roman, de poser son chewing-gum sur la table de chevet et la voici, massive, dans l'embrasure de la salle de bains.

« Harry », dit-elle.

29. Extrait d'*Emma* de Jane Austen (1815).

Ses reproches furent classiques. Il était question de l'heure, de son immaturité, de ces médicaments qu'il avait oubliés à New York. La suite fut plus inattendue.

« Franchement, tu pourrais au moins l'affronter sur de vrais sujets plutôt que de titiller ses nerfs. Tu trouves drôle de jouer celui qui n'écoute pas ? Ça l'est peut-être, il n'empêche que tu n'as rien dit de cette *Walkyrie* en carton-pâte et que le dithyrambe de ton oncle, absurde, est passé pour génial. Une mise en scène "éclairante" alors que, de toute évidence, Forette n'a pas lu le livret de la Tétralogie. Un Wotan, une Fricka "impliqués" bien qu'ils aient dû, en tout, brûler cent calories sur scène. Quant à son enthousiasme pour la Brünnhilde de Lee Min Jeong, qui ne comprenait pas ce qu'elle chantait et le chantait façon karaoké, je ne vois que deux explications : coup de foudre sénile ou problème auditif, l'un n'excluant pas l'autre. Le pire étant qu'il n'a pas commenté le Hunding de Georg Zeppenfeld, seul chanteur qui nous ait proposé quelque chose de puissant et de personnel, le seul qui ce soir méritait le nom d'artiste. Cela, naturellement, ni ton oncle ni toi ne l'avez vu – je ne dis pas "entendu" car entendre requiert des oreilles, or vous n'avez qu'une langue qui s'agite sans arrêt, pour rien, et votre ego de coq dans la taverne qui vous sert de basse-cour. »

Henry souriait. Il aimait quand l'esprit de Peggy crachait ce genre d'éclairs.

« Ensuite, ayant fait le deuil du séjour reposant que tu m'avais promis, je me demande encore ce qu'on fiche ici. Tu es venu pour défier ton oncle ? Regarde-le. Ses yeux brillent dès que tu prononces le prénom de ton père. Ses mains tremblent. Tout à l'heure, quand il s'est mis à tousser, j'ai cru que ses poumons resteraient sur le parquet. Il est malade, Harry. Il est vieux. Accessoirement, je le soupçonne de ne pas boire que de la bière. J'ignore s'il est aussi fautif que tu le juges mais tu pourrais te montrer plus clément, il n'y a aucune grandeur à se battre contre une épave.

– Ne prends pas sa défense.

– Harry… commença Peggy.

– Je m'appelle *Henry*, cingla-t-il. Henry est un prénom aristocratique, Harry un surnom de plouc. Je préfère encore Moshe, comme l'autre, mais en aucun cas je ne me suis donné la peine de changer de prénom pour qu'on écorche celui que j'ai choisi, c'est clair ? »

Peggy était affligée. Elle l'entendait encore lui vendre cette semaine à Bayreuth. Un repos forcément bénéfique avant *La Pie voleuse*. L'occasion, peut-être, de la réconcilier avec la musique de Wagner. Une escapade romantique car quoi de plus charmant que la Haute-Franconie et ses étés fleuris, ses pensions pittoresques ? L'hôtel n'avait aucun cachet, Peggy tombait de fatigue et Henry ne parlait que de son oncle. Il y avait de quoi le planter là, finir la nuit ailleurs, attraper le premier vol pour New York. Trop lasse pour un coup d'éclat, elle retourna au lit.

« Un-zéro », murmura Henry, convaincu d'avoir remporté un duel.

Il ferma la porte, la verrouilla discrètement, déboîta la grille de ventilation derrière laquelle il avait caché l'arme. Elle était superbe. Il l'aurait volontiers essayée mais ce n'était pas le plan, il comptait la rendre à Moshe. D'abord parce qu'elle lui revenait : c'était un cadeau de son oncle à son père, pas à lui. Ensuite, Henry ne savait qu'en faire depuis qu'il en avait hérité. Il craignait que ce Luger fût une espèce d'anneau du Nibelung, objet maudit qui n'apporte que malheurs. Superbe néanmoins. Pour le plaisir d'en éprouver le poids, il le glissa dans la poche de son peignoir, puis il extirpa de sa trousse de toilette les médicaments soi-disant oubliés. Bien sûr qu'il les avait pris, Peggy le croyait-elle idiot ? Il était capable de suivre un traitement. D'ailleurs, il allait faire mieux. Au lieu du comprimé prescrit, Henry en déversa plusieurs dans le creux de sa main qu'il présenta, inclinée, pour l'édification d'un public invisible. Il les goba d'une traite, aussitôt se courba sous des « Oh ! » qui finirent en bravos. Lorsqu'il sortit de la salle de bains, il constata que Peggy s'était endormie en lisant. Il ôta ses lunettes, rangea son livre, éteignit les lumières, garda pour lui qu'il descendait fumer une dernière cigarette. Il se rappela *in extremis* qu'il était en peignoir de bain, hésita à s'habiller, puis songea qu'à cette heure il ne croiserait personne.

La décoration des parties communes était semblable à celle des chambres. Aux murs, des portraits encadrés de Max Lorenz, Kirsten Flagstad, Germaine Lubin et autres légendes wagnériennes figées dans le costume, la posture et l'expression typiques d'un Siegfried, d'une

Eva, d'une Isolde, d'un comte de Brabant[30]... Certaines photographies étaient si vieilles qu'elles auraient pu être prises par Wagner lui-même. Certaines faisaient peur, comme ce Lauritz Melchior évoquant Tannhäuser autant que Raspoutine, ce Josef Greindl grimaçant un Hagen* glaçant. Entre les portraits, peintes en doré sur de fines lignes grises, des notes. Henry ne jouait d'aucun instrument, ne savait pas déchiffrer. À l'aide des intervalles, cependant, il put identifier de nombreux leitmotivs. La plupart provenaient de la Tétralogie quoiqu'il reconnût aussi le thème du Graal, du Philtre d'amour, du Doute de Lohengrin[31]. Henry chantonnait sans s'en rendre compte. Les mains dans le dos, il s'arrêtait pour contempler l'élégance surannée de telle soprano suédoise, telle basse américaine. Il plissait le regard pour lire les descriptifs : « Marjorie Lawrence à l'Opéra de Paris, 1938 », « Le dernier Wotan de Hans Hotter à Bayreuth, 1966 »...

Henry s'aperçut qu'il s'était égaré. Il ne savait plus à quel étage il se trouvait. Les couloirs semblaient s'être allongés, l'éclairage tamisé. Il ne tarda pas à constater qu'il chancelait, que pour avancer il devait s'appuyer aux murs. Lorsqu'il décrocha par mégarde un portrait de Siegfried Jerusalem, il admit qu'il n'aurait pas dû forcer sur les médicaments. Il était irresponsable. Peggy avait raison sur ce point et les autres, elle avait toujours

30. Frédéric de Telramund, comte de Brabant, est un personnage de *Lohengrin*.
31. Leitmotivs présents respectivement dans *Parsifal, Tristan et Isolde, Lohengrin*.

raison, belle Peggy, sa déesse, sa Pythie… ! « Toi aussi, je t'aime », bredouilla-t-il en raccrochant le portrait du célèbre ténor.

Ses titubations l'amenèrent en un lieu dont il ignorait l'existence étonnante dans cet hôtel. Il s'agissait d'un vaste amphithéâtre, tout en bois clair et en velours rouge, cercle fermé à l'exception du chemin qui, fendant les gradins, débouchait sur la scène. Au centre, un somptueux Steingraeber brillait sous les feux de plusieurs projecteurs. Comme en vue d'un concert imminent, son couvercle était levé, une partition ouverte sur le pupitre. L'air était climatisé, agréablement parfumé et des notes y flottaient. Henry reconnut l'ouverture des *Maîtres chanteurs de Nuremberg* dans un tempo très lent, un caractère très doux. S'avançant, il comprit que la mélodie jaillissait du piano dont les touches s'abaissaient et se relevaient tranquillement. Cela, d'abord, ne l'inquiéta pas. Ce devait être un piano mécanique, singulièrement bien fait, certes, mais avec Steingraeber tout était possible… Il voulut étudier cette merveille de plus près. Alors, les choses se gâtèrent. À chacun de ses pas, la musique accélérait, son caractère s'échauffait. Au bout de trois pas, elle avait dépassé son tempo habituel. Au bout de six, elle était devenue infernale, on eût dit que des poings en acier frappaient le clavier avec l'intention de le détruire. De plus, Henry était pris de vertiges croissants. La scène s'était mise à tourner, ou les gradins, peut-être les deux, en tout cas une giration s'était enclenchée, l'emportant crescendo. Bientôt sa vitesse déchaîna contre lui un vent de tempête, l'effet centrifuge s'opposait à sa progression, le forçait à se pencher tandis que *Les Maîtres chanteurs* continuaient d'accélérer, sautillant, hurlant comme des possédés. Le Steingraeber se trouvait trop loin, jamais Henry ne pourrait l'atteindre, il lui fallait renoncer. La giration ralentit, la musique se calma, tout rentra dans l'ordre quand il fit demi-tour, hélas trop tard : à peine se fut-il extirpé de ce manège du diable qu'il rendit son dîner.

Astrid Varnay en Ortrud, Hans Sachs incarné par Rudolf Bockelmann, Alexander Kipnis personnifiant le roi Marke ici, là Gurnemanz[32]… Le défilé des stars avait repris. Henry n'y prêtait plus qu'une vague attention. Il cherchait le hall de l'hôtel, aidé par une démarche redevenue stable. Il commençait presque à se sentir bien lorsqu'un miroir lui renvoya l'image d'un hurluberlu en peignoir de bain. Les années n'y faisaient rien, son allure restait celle d'un adolescent retors. Il s'était toujours demandé ce que Peggy lui trouvait.

La réception était déserte. Dehors, un homme, de dos, fumait dans l'allée qui menait au parking. Henry crut distinguer une casquette militaire et des bottes. Intrigué, il franchit la porte-tambour, s'engagea sur l'allée que l'homme ne bloquait pas, il s'était positionné sur le côté pour laisser le passage libre ou parce qu'il attendait quelqu'un. La curiosité de Henry devint stupéfaction à mesure que, s'approchant de lui, son uniforme se précisait. Il portait une veste vert-de-gris, un pantalon

32. Personnages de *Lohengrin*, des *Maîtres chanteurs de Nuremberg*, de *Tristan et Isolde* et de *Parsifal*.

bouffant. Ses bottes étaient faites du même cuir que sa ceinture et l'étui qui ne pouvait renfermer qu'un pistolet ; tous noirs, neufs, bien serrés. De la même taille que Henry, il se tenait droit, immobile à l'exception de sa casquette, grande comme une auréole qui, à intervalles réguliers, se dressait et s'ornait d'un panache de fumée. Cette fumée, il la soufflait lentement, fumeur qui réfléchit. Henry venait d'arriver à sa hauteur et parmi d'autres horreurs cousues, épinglées, gravées un peu partout, il découvrit un aigle, des éclairs, une tête de mort, une croix évoquant quelque ordre templier et contenant en son centre une seconde croix, gammée.

« Bonsoir », dit l'homme.

Il souriait courtoisement. Henry fut frappé par la ressemblance entre leurs deux visages. Identiques dans les traits, ils différaient par des caractéristiques mineures. Lui était roux, l'autre blond. Lui souffrait d'acné, l'autre non. Ses doigts étaient calleux, rongés ; ceux de l'autre prolongeaient des mains impeccables. Il était émacié, assombri par un fond de méfiance et de sournoiserie ; l'autre jouissait d'une belle prestance, d'yeux rieurs et de joues pleines, rosies par ce qu'on devinait être un sincère goût de la vie, une confiance naturelle dans les voies du destin et la bonté des hommes.

« Allez-y, je vous en prie… »

Henry s'aperçut qu'il lui présentait, ouvert, un étui à cigarettes. Trop sidéré pour refuser quoi que ce soit, par ailleurs en manque de nicotine, il se servit sans quitter du coin de l'œil son espèce de jumeau, lequel fit surgir un briquet à essence qu'il alluma pour lui après une mise en garde relative à la flamme. S'occupant ensuite de lui-même, il écrasa sous sa botte la cigarette qu'il venait d'achever, en entama une autre.

« On ne se méfiera jamais trop de ces briquets… Une pierre mal réglée, une bourrasque et hop, un visage prend vite feu ! Vous séjournez dans cet hôtel ? »

La cigarette de Henry se consumait seule, oubliée. Il hasarda :

« Vous êtes… ?

– Fritz von der Trenck, SS-*Obersturmbannführer* dans la 3e division "*Totenkopf*". Et vous, sourit-il en détaillant son interlocuteur, vous avez laissé votre uniforme au pressing… ! »

Ces mots rappelèrent à Henry sa grotesque apparence. Il en fut mortifié mais déjà Fritz éclatait d'un rire chaleureux qui disait : « Je plaisantais, ne prenez pas la mouche… » Puis, redevenu sérieux :

« Vous êtes surtout un grand wagnérien. »

Comme Henry ne comprenait pas, il précisa :

« Je sais qui vous êtes bien que votre nom, soyez tranquille, ne figure pas dans mes fiches. Vous vous appelez Moshe Griebnisch, comme votre oncle, mais préférez être appelé Henry. Vu les circonstances qui ont présidé au choix de votre prénom, il est compréhensible que vous ayez souhaité en changer, mais pardon, je me mêle de ce qui ne me regarde pas… Je vous connais via votre blog que je consulte régulièrement, presque dévotement, je dois l'avouer. Selon moi, le meilleur, et de loin, en matière de critique wagnérienne. Certains de vos papiers sont osés mais quelle plume, quelle acuité !

Je me rappelle ces articles où vous démontez l'avis de Nietzsche concernant *Parsifal* et réhabilitez le talent de Wolfgang Wagner, trop souvent éclipsé par celui de Wieland[33]. Merci pour lui, et quand je dis “lui”, je ne pense pas uniquement à Wolfgang mais également à Richard. Merci pour nous aussi, les sourds, les aveugles, les wagnériens du fond de l'église. Parfois, il est vrai, vos propos nous dépassent. Qu'importe, les critiques sont comme les prêtres, même si l'on ne saisit pas tout de leurs paroles et de leurs rites, on a besoin d'eux. »

Cet éloge émut Henry qui ne recevait plus de compliments depuis la mort de sa mère. À part elle, personne n'avait jamais semblé le prendre au sérieux. Petit, lorsqu'il jouait avec les touches du piano familial et que son père s'asseyait à côté de lui, c'était pour qu'il s'arrêtât. De la musique classique, de celle de Wagner, il ne lui avait rien transmis. Il estimait certainement que son fils, ce « sauvage » (un soir de dispute, Henry l'avait entendu crier cela à sa mère), ne pouvait accéder à une œuvre si haute. Avec Peggy, au moins, c'était dit drôlement. Pour elle, il avait autant d'oreille qu'un poisson n'a de plumes. Brave Harry… Mais voici qu'un homme manifestement compétent reconnaissait enfin ses qualités de wagnérien ! Il s'était rendu sur son blog, le consultait régulièrement. Il appréciait la justesse de ses vues, d'après lesquelles il formait les siennes. Bien sûr que Nietzsche s'était trompé

33. Nietzsche voit dans *Parsifal* une conversion de Wagner au christianisme qu'il fustige dans *Le Cas Wagner*. Wieland et Wolfgang Wagner sont les petits-fils de Richard et Cosima. Après la guerre et le nazisme,

sur *Parsifal*, que Wolfgang valait autant que Wieland. Henry le pensait, il l'avait écrit, et tout le monde s'en fichait. Mais enfin… !

Sa joie fut brève. Il s'était rappelé que l'homme en question était un nazi, et pas n'importe lequel, un gradé dans la division « *Totenkopf* », celle qui avait exterminé des millions d'adultes, enfants, vieillards innocents parmi lesquels six ou sept membres de sa famille. Ces crimes méritaient une réaction dont Henry se sentait incapable. Ce Fritz dégageait un charme si puissant que le mot revêtait son sens premier : un sortilège, en tout cas une aura qui désarmait Henry. Plus étrangement, il avait l'impression que l'*Obersturmbannführer* ne se contentait pas de lui ressembler. Henry sentait qu'il avait affaire à un autre lui ; pire, qu'ils étaient une seule personne et que s'il le frappait, c'était lui qui recevrait le coup.

« Savez-vous pourquoi cette mise en scène me plaît ? »

La question venait de Fritz, enjoué. Henry nota qu'il tenait sa cigarette entre l'annulaire et le majeur.

« Parce que le thème écologique me paraît excellent. Il se prête parfaitement à la transposition du drame. Il donne à la nature la place qui lui est due et que négligent trop de metteurs en scène. Il rend hommage au souci si vif et précurseur que le Maître avait de l'environnement. De façon plus fondamentale, il me semble que sa musique n'est qu'écologie. D'abord, parce qu'elle témoigne d'une

ils sont parvenus à relancer le festival de Bayreuth en le transformant. Le premier est reconnu pour la qualité de ses mises en scène épurées, le second, davantage pour son talent de gestionnaire.

formidable économie de moyens. Ceux qui prétendent que “Wagner, c’est du bruit” doivent réécouter la Chevauchée des Walkyries, voire, allons-y franchement, le final du *Crépuscule*. Si peu de notes, un usage si prudent du fortissimo pour un résultat si monumental… ! L’inverse du gaspillage. D’ailleurs, la Tétralogie, qu’on pourrait – excusez ce jeu de mots douteux, vous connaissez la proverbiale lourdeur de l’esprit allemand – surnommer “Tétrécologie”, est une vaste entreprise de recyclage, une usine où l’on fait du présent avec du passé, du passé avec du futur ; où les récits sont sans cesse répétés, détricotés, retricotés telle de la maille ; où les roues du destin tournent sous l’œil et la lance de Wotan, du Wälse, du Wanderer, avatars d’un même contremaître ; où les leitmotivs, surtout, évoquent des métaux cent fois refondus, reforgés, mélangés, dissociés pour vivre de nouvelles vies puis, quand ils ont bien servi, se dissoudre glorieusement dans le silence. Je parle sous votre contrôle, bien sûr, mais prenons par exemple le motif du Renoncement… »

Henry cessa d’écouter. Non que l’opinion de Fritz lui parût inepte, au contraire, il était d’accord avec lui au point que ses phrases auraient pu être les siennes, qu’il eût pu les achever avant lui et prévoir les suivantes. Il n’apprenait rien. Son attention s’était donc détachée de ce que disait l’officier supérieur, elle ne percevait plus que le rythme de sa voix, se fixait sur des détails : ses épaulettes, ses décorations.

« Je peux le voir ? » demanda Fritz von der Trenck.

Il avait achevé son propos et remarqué, dans la poche du peignoir, la forme d’un pistolet. Henry le lui remit.

S'en emparant délicatement, l'*Obersturmbannführer* parut déconcerté.

« Regardez… »

Il tira sa propre arme et, soupesant l'une et l'autre, faisant jouer leurs reflets à la lueur d'une lune presque pleine, s'étonna :

« Même modèle, même année, identiques. J'ignore comment vous vous l'êtes procurée mais vous me devez une explication ! »

III
SIEGFRIED

Moshe avait un faible pour *Siegfried*. Il faut dire qu'avant lui, le troisième volet de la Tétralogie avait longtemps souffert d'un certain désamour. Coincé entre deux monuments, injustement qualifié de scherzo, souvent réduit à la bruyante et quasi bouffonne scène de la Forge, *Siegfried* était rarement cité comme le sommet du *Ring*. Bien sûr, on y appréciait le motif de l'Épée, les Murmures de la forêt, le Réveil de Brünnhilde et son sublime « *Heil dir, Sonne!* ». Évidemment, ça restait du Wagner, donc du génie. Mais qu'était-ce entre *La Walkyrie* et son Hymne au printemps, sa Chevauchée, les Adieux de Wotan d'un côté, de l'autre, *Le Crépuscule* et sa Marche funèbre, son brasier cosmique dans lequel Brünnhilde fonce à bride abattue? Peu…? « Regardez de plus près! » avait en synthèse dit Moshe dans un essai intitulé *Siegfried, contre-enquête*. Il y révélait la profondeur des ténèbres sous la pellicule de gaieté. Il y montrait que Mime est plus vicieux, Siegfried moins vaillant qu'on ne les croit. Il y décrivait un Wanderer d'une ambiguïté, d'une complexité jamais soupçonnées par aucun wagnérien. Surtout, il y étudiait le prodigieux maillage des leitmotivs et la richesse d'une orchestration que les préludes, telles des loupes, permettent d'observer pure et concentrée. Le premier prélude, envoûtant. Le deuxième, terrifiant. Au troisième, le critique n'avait pas consacré moins de cent cinquante pages. Il en faisait, parti pris inédit, le pivot du *Ring*, le passage qui résume tout ce qui a précédé, annonce ce qui va suivre. « Écoutez… ! » avait écrit Moshe. On entend grincer les roues du destin. On comprend, alors que Siegfried semble encore innocent, qu'il est déjà corrompu par le sang qu'il a versé et l'or qu'il porte au doigt. Avant qu'il n'ait franchi le rideau de flammes, embrassé Brünnhilde, on pressent que leur amour, leur vie, les dieux, les hommes sont condamnés. Cela et bien d'autres choses se devinaient au travers d'une brume fuligineuse, sous l'emprise d'harmonies capiteuses, d'une magie blanche et noire mais aussi colorée dont Wagner détenait le secret et qu'au sein de *Siegfried* il avait – Moshe concluait ainsi – poussée au paroxysme du maléfique et du divin.

Était-ce le plaisir d'entendre son œuvre favorite ou celui, anticipé, du débat qu'il comptait remporter ? Au soir de *Siegfried*, un Moshe rajeuni apparut sur la terrasse du Palais des festivals. Il avait troqué son smoking contre un costume de lin gris et des mocassins bleus. Ayant le temps, il prit celui de saluer des connaissances qui s'enquirent de sa santé, de ses projets, de sa chatte Minna. Certains évoquaient une guerre qui, apparemment, avait éclaté entre lui et un membre de sa famille. Moshe demeurait interdit puis se déconcertait :

« Vous devez parler de Henry, mais une “guerre” ? L’Amérique et l’Allemagne, Dieu merci, sont en paix depuis quelques années… »

Six heures plus tard, sa bonne humeur était intacte. Il sortit du Palais, Petula à son bras, riant tous deux comme s’ils quittaient une fête bien arrosée. L’usage voulait qu’ils n’échangeassent pas immédiatement leurs impressions sur le spectacle auquel ils venaient d’assister. Un opéra du Maître n’est pas un film dont on demande à l’autre, aussitôt et bêtement, ce qu’il en a pensé. D’abord, on se tait, on badine, tout vaut mieux que des niaiseries collées sur du sacré. Moshe et Petula riaient donc, suivis de leurs fidèles. À ceux qui, intrigués, accéléraient pour se rapprocher d’eux, Moshe lançait, désinvolte :

« Ignorez nos sottises, elles n’en valent pas la peine. En revanche, hâtons-nous d’arriver aux Lapins, je veux boire et j’espère également y trouver à manger ! »

Cette référence à *Siegfried*, acte II, scène II[34], et d’autres que le critique décochait avec l’aisance des grands soirs, propageaient des salves d’un rire devenu collectif.

Du côté de Henry et Peggy, l’humour n’était pas de mise. Une dispute les avait mis en retard. En chemin, Peggy avait cassé son talon gauche. Pas question de parader pieds nus, ses Louboutin en main : ils étaient

34. « *Trinken wollt’ ich, nun treff’ ich auch Fraß !* », « Je voulais boire, maintenant j’ai aussi trouvé à manger ! » (Fafner, *Siegfried*, acte II).

retournés à l'hôtel où, faute de glu, elle s'était rabattue sur son unique paire de rechange, des Nike qui détonnaient avec sa robe de soirée, tant pis pour le style, tant mieux pour la course, les voici cavalant, arrivant devant les portes du *Festspielhaus* vingt secondes après leur fermeture, vingt de trop pour un personnel qui ne transige pas avec l'heure et pour cause, si Debussy considérait que la musique est le silence entre les notes, celle de Wagner est le silence avant les notes, cette nuit avant l'aurore, ce mystique recueillement que rien ne doit troubler… Refoulés. Ils s'étaient retrouvés seuls sur la terrasse du Palais, lui l'accusant, elle l'envoyant promener. S'ils débarquaient au deuxième acte, ne risquait-on pas de s'apercevoir qu'ils avaient raté le premier, ce qui empêcherait Henry d'en débattre avec Moshe ? Ne valait-il pas mieux tout rater puis feindre d'avoir tout vu ? Il le pensait ; elle, encore essoufflée, s'en fichait. Elle était là pour lui, à cause de lui, qu'il assume et décide !

« On rentre », avait-il maugréé.

Son plan était d'attendre la fin de l'opéra à l'hôtel puis se fondre comme si de rien n'était dans l'affluence des Lapins franconiens. Là encore, ils jouèrent de malchance. Le chef ayant opté pour des tempi singulièrement rapides, la représentation s'acheva plus tôt que prévu, eux arrivèrent les derniers dans une taverne comble. Moshe tenait déjà tribune, récoltant rires et approbations. Leur table était occupée par un couple d'habitués, deux ploucs qui se gondolaient en brandissant leur chope. On ne les attendait pas, on ne remarqua pas leur entrée. Cela relevait-il d'une stratégie visant à le déstabiliser ? Que s'était-il passé depuis la veille, quand Henry forçait le respect dû à celui qu'on craint ? Peggy portait ses Louboutin rafistolés. Lui, au cas où se présenterait l'occasion de le rendre, avait enfoui dans une poche intérieure de son trench le Luger P14.

« Bonsoir », dit-il.

Personne ne l'avait entendu. Une tempête de rires sévissait, Moshe imitant, en s'impliquant, un Mime jugé grotesque.

« Bonsoir ! »

Henry venait de crier avec une force surdosée, imposant un silence que Moshe, au terme de trois secondes gênantes, rompit.

« Quel dommage…, déplora-t-il, affectant de s'apercevoir qu'il n'y avait plus de place. Vous allez devoir vous installer dehors, dans le *Biergarten.* Remarquez, il doit faire encore doux et vous trouverez des bancs, des arbres, c'est un lieu délicieux. Vous ne perdrez au change que la compagnie de vieilles barbes wagnériennes (rire des intéressés), de rustres autochtones (*idem*), et de votre serviteur, autant dire pas grand-chose…

– Ne vous inquiétez pas, protesta Henry, mon épouse et moi pouvons rester debout après avoir passé de si nombreuses heures assis. Nous allons nous accouder au comptoir, juste là, voilà. Deux bières, s'il vous plaît. »

Henry fit un signe à M. Schopenhauer, qui regarda Moshe : devait-il le servir ? Pour toute réaction, le critique s'étonna que son neveu désirât de la bière. La veille et l'avant-veille, n'était-il pas resté à l'eau ?

« Si, confirma Henry, mais ce soir n'est pas n'importe quel soir. Nous venons d'assister à la représentation de votre œuvre fétiche, et je brûle d'entendre votre opinion. Par ailleurs, Siegfried s'est mis à comprendre le langage des oiseaux après avoir inhalé du sang de dragon. Qui sait si l'alcool ne me révélera pas le sens caché et toute la profondeur, l'infinie vérité de vos théories qui parfois, il est vrai, ont pu me sembler creuses ?

– Vous nous direz ! Attention, tout de même. Siegfried, qui est costaud, n'a bu qu'une goutte de sang. Je me méfierais de l'effet qu'une chope peut avoir sur un corps aussi frêle que le vôtre… Où en étais-je ? » s'enquit-il à la ronde, estimant que l'aparté avait assez duré.

S'étant déjà prononcé sur la mise en scène (il l'avait jugée globalement pertinente avec quelques réserves au sujet de Mime déguisé en nain de jardin, d'un dragon ayant le visage d'Elon Musk, d'une Erda remplacée par une enceinte Google Home, d'un Siegfried dont l'essaim de piercings, les tatouages faciaux, les cheveux ras et peroxydés, l'évidente pansexualité constituaient des choix pour le moins audacieux), il s'apprêtait à commenter la performance des chanteurs en commençant par le principal. Siegfried avait été interprété par Klaus Florian Vogt. Cet ancien corniste s'était imposé parmi les plus grands ténors de sa génération. Lancé par des rôles mozartiens, il s'était graduellement confronté au répertoire du Maître, jouant Walther[35] à Salzbourg, Tannhäuser à Vienne, Lohengrin à New York, Siegmund dans le *Ring*

---

35. Personnage des *Maîtres chanteurs de Nuremberg*.

d'Andreas Kriegenburg, enfin le rôle ultime dans la ville suprême, Siegfried à Bayreuth. Beau et bien fait, doué d'un timbre cristallin, sentimental d'un bout à l'autre de ses cordes vocales, Vogt faisait chavirer des cœurs, divisait les avis. Certains le trouvaient trop léger pour Wagner et lui refusaient net, devant « *tenor* », le préfixe « *helden* ». Les autres le remerciaient d'avoir balayé des principes vétustes, rappelé qu'on peut être puissant sans peser cent kilos et que les rôles wagnériens, avant d'être héroïques, sont romantiques. Certes, il n'était pas Lauritz Melchior, Max Lorenz ni Wolfgang Windgassen mais les premiers avaient brillé dans les années 1930-1940, le dernier dans les années 1950-1960 ; il fallait faire le deuil de ces étoiles mortes, composer avec ce qu'on avait, or Klaus Florian Vogt en Siegfried, ce n'était pas rien. Qu'en avait pensé Moshe ?

« Mes amis, dit-il après avoir avalé une gorgée de bière et lissé sa moustache au cas où de la mousse s'y serait accrochée. Vous savez le respect que j'ai pour M. Vogt, ce chanteur passionné, passionnant, sensible, intelligent, et j'aurais pu me contenter de dire – les adjectifs affaiblissent les mots forts – "ce chanteur". Il m'a offert, je ne lui en serai jamais assez reconnaissant, le plus beau Lohengrin, le meilleur Parsifal que j'aie entendus au cours de cette dernière décennie. Ces sillons sur mes joues ont quatre ans, ils ont été creusés – ne riez pas, c'est vrai – par les rivières de larmes que m'ont arrachées, dans la *Walkyrie* de Kriegenburg, son Siegmund apprenant de Brünnhilde que les dieux ont décidé sa mort. Concernant son Walther, son

Tannhäuser, et il n'y a pas que Wagner, son Florestan dans *Fidelio*, son Tamino dans *La Flûte enchantée*, je vous renvoie à mon blog, je crois y avoir suffisamment expliqué la valeur de ces prestations. Autant de raisons pour lesquelles j'aurais aimé vous dire que son Siegfried m'a bouleversé, vous montrer de nouvelles rides de tristesse ou de joie que j'aurais gagnées ce soir, vous demander les outils nécessaires pour graver son nom sur le mur des illustres pourfendeurs de dragon, enfin proclamer que Vogt est l'auteur d'une contribution capitale à cet art, ce sport et cette science que j'ai nommés quelque part la "siegfriedologie". J'aurais aimé, hélas je ne peux. »

Cette sentence, que tous avaient pressentie, retentit comme un glas.

« Vraiment, insista Moshe après une gorgée de bière, je ne peux. Oh! Ce n'est pas sa prétendue "légèreté" que je blâme. Je l'ai écrit, je le répète, Vogt incarne le stupéfiant paradoxe d'une légèreté très lourde, d'une gaieté pleine de gravité, d'arcanes et d'équivoques ruisselant de clarté… Ce ne sont pas davantage, cela va de soi, les piercings et autres fantaisies dont le metteur en scène, Louis Forette, a jugé bon de l'affubler. Non. Je lui reproche d'avoir intellectualisé son rôle, de s'être construit un personnage trop réfléchi, trop sophistiqué, hésitant trop alors que Siegfried – dans cette œuvre du moins, nous reparlerons du *Crépuscule* – n'est que volonté de puissance, pulsions de mort et d'amour, une double épée de fer et de chair, l'une tendue vers Fafner, l'autre vers Brünnhilde. Le juvénile héros n'a que deux idées en tête, faire ses preuves au combat et au lit. Qu'il soit maniéré ne me semble pas interdit par le texte. En revanche, gronda Moshe, il *doit* être déterminé. Siegfried n'envisage pas, il veut ; il ne demande pas mais prend. Partant, pourquoi M. Vogt forge-t-il son épée comme s'il époussetait le manche d'un luth ? Pourquoi fait-il sa cour à reculons ? Vous me direz : "C'est la mise en scène." Je vous répondrai : "Pas que !" Par son chant, il est complice. C'est lui, non Forette, qui brandit Notung* en chantant piano. C'est encore lui, pour séduire Brünnhilde, qui roucoule au lieu de rugir. Si la scénographie était mauvaise, il eût dû s'efforcer de la corriger. Quand il y a des problèmes, on les résout, on essaye. Surtout lorsqu'on est un si grand chanteur, de surcroît wagnérien, qui plus est bayreuthien car Bayreuth est un atelier, une école au sens grec, un lieu de coopération, d'humilité et de bonne volonté ; tout le monde, public compris, y est responsable d'un succès autant que d'un échec. Des solutions. Voilà ce que j'attendais de Klaus Florian Vogt et ce qu'il n'a pas trouvé, certainement pas cherché. »

Sur ce, Moshe engloutit la fin de sa chope.

« Et lui ? »

La question venait de l'habitué qui, avec sa femme, occupait la table de Henry et Peggy. Hirsute, renfrogné, il portait un bleu d'ouvrier.

« Lui… ? fit Moshe.

– Lui, répéta l'habitué en désignant Henry d'un doigt taillé comme une bûchette. Il en a pensé quoi ? »

Le regard de Moshe parcourut lentement, froncé, l'espace qui séparait le doigt de ce qu'il pointait.

« Ah, lui ! s'exclama-t-il, jouant celui qui vient de comprendre. Excellente question. En effet, mon neveu, que dites-vous du Siegfried que nous avons eu ce soir ? »

Henry se sentait mal à l'aise. Non à l'idée de commenter une performance qu'il avait ratée, cela ne l'effrayait pas. C'était l'impression qu'on lui tendait un piège mais lequel, pourquoi ? Il se racla la gorge, sourit, se lança.

« Mon oncle, voyez, j'ai bu de l'alcool et je constate, hélas, que cela ne m'aide pas, au contraire, à démêler l'écheveau de vos propos. D'abord, à moins qu'il ne s'agisse d'un subtil euphémisme, je m'étonne que vous ayez trouvé le Siegfried de Klaus Florian Vogt (il dressa quatre doigts pour mimer les guillemets) simplement "maniéré" et que cela vous paraisse permis par le livret. Siegfried est celui qui ne connaît pas la peur, "*wer das Fürchten nie erfuhr*", comment pourrait-il sans arrêt sursauter, pleurnicher, crier telle une précieuse ? Ensuite, qu'est-ce qu'une voix à la fois lourde et légère, grave et gaie, limpide et ténébreuse ? C'est beau, ça ne veut rien dire. Ça me rappelle ce fameux "soleil noir" et autres oxymores qu'on apprend au collège… Enfin, pourquoi reprocher à Vogt d'avoir chanté de façon cohérente avec la mise en scène ? Qu'attendiez-vous de lui, qu'avec son look de minet berlinois il forge Notung en beuglant comme une brute ? Que vouliez-vous qu'il fasse à Brünnhilde, qu'il la trousse sans l'avoir saluée, à la hussarde ? Soyons sérieux. *Monsieur* Vogt, comme vous l'appelez, a pris le seul parti raisonnable, jouer le jeu de Forette. Vous parliez d'humilité : Bayreuth fonctionne parce que les chanteurs savent mettre leur ego de côté, se soumettre à des choix qu'ils peuvent désapprouver. Où irions-nous avec un metteur en scène qui demande une valse, un chanteur qui chante un motet et des figurants, je ne sais pas, qui dansent un fandango ? Chacun son métier. Heureusement que vous n'êtes pas conseiller artistique. Quant à Vogt, s'il ne s'est pas trompé de carrière, je doute qu'il soit au bon poste. Avec le sincère respect que j'ai pour lui, je l'ai toujours dit, ce n'est pas un ténor wagnérien. Sa place est chez Verdi, Rossini, Puccini, pas ici, pas dans ce rôle. Siegfried est un guerrier. Sa voix doit être aussi solide que sa lame, lourde comme son armure. Une voix de guerrier ne caresse pas, elle catapulte, elle tranche. Les choix de Forette l'empêchaient, certes, mais est-ce l'œuf ou la poule ? Le chanteur s'est-il adapté aux déficiences du metteur en scène ou l'inverse ? Je pencherais pour la deuxième option bien qu'à la réflexion ce ne soit pas mon problème. Je les renvoie dos à dos avec un grand zéro, eux et ceux qui ont contribué à cette contrefaçon, pire, cette trahison d'un personnage censé être si noble, ce soir si ridicule. »

Henry se tut, incertain de sa tirade. Des sourires parsemaient l'assistance. Celui de Moshe, en coin, l'inquiétait spécialement.

« Donc, résuma ce dernier, vous estimez que Vogt a fait de son mieux vu le contexte mais que sa place, de toute façon, n'est pas à Bayreuth.

– Pas dans ce rôle, précisa Henry, sur la défensive.

– *Pas dans ce rôle* », concéda Moshe.

Il s'était levé et, frôlant le dos des festivaliers, s'appuyant parfois sur l'épaule de l'un d'entre eux, il s'approchait lentement de son neveu, l'air préoccupé.

« Vous avez jugé sa voix trop “caressante”, c'est votre mot, n'est-ce pas ? »

On aurait dit un interrogatoire.

– Oui, répondit Henry avec une fermeté de façade.

– Et les choix scénographiques vous ont paru décevants, déplacés, du moins en deçà de ce que, selon vous, mérite le personnage de Siegfried. Je me trompe... ?

– Non.

– C'est étrange... fit Moshe.

Il s'était arrêté à mi-chemin. Les doigts dans sa barbe, fixant la pointe de ses mocassins, il personnifiait l'enquêteur qui vient de résoudre l'énigme.

– Très étrange, confirma-t-il en relevant son regard vers Henry. Comment pouvez-vous posséder un avis si tranché sur un spectacle auquel vous n'avez pas assisté ?

Voilà le piège. Sonné, défait, Henry apprit que Vogt n'avait pas chanté ce soir. Le ténor s'étant foulé la cheville une heure avant la représentation, il avait été remplacé au pied levé – « C'est le cas de le dire », souligna Moshe, qui ne perdait jamais l'occasion d'un bon mot. Comment savait-il que Henry et Peggy ne s'étaient pas trouvés dans le public ? Peu importe. Il triomphait, avec lui tout le peuple des Lapins, habitués et festivaliers unis dans une même hilarité. À l'évidence, il y avait eu entente. Henry imagina Moshe briefant ses troupes : « Observez comme le rat va entrer dans la cage... » Il se rappela leur arrivée, leur table occupée, l'indifférence générale : tout cela n'avait été qu'un leurre.

« Le plus grand critique de tous les temps! ironisa Moshe, inclinant vers Henry ses mains, paumes ouvertes. Doué d'omniscience, d'ubiquité et de mille autres dons qui lui permettent de voir, d'entendre, de juger sans être là. Il connaît le passé, l'avenir, l'invisible. Mesdames et messieurs, n'ayez crainte, posez-lui vos questions... ! »

Henry bouillonnait. Sans le lâcher du regard, Moshe attendit que les rires eussent cessé pour conclure :

« Bas les masques. Vous en avez la preuve, mon neveu est un agitateur recherchant le débat avec moi, *contre* moi, à propos de tout et n'importe quoi. La musique n'y entre pour rien. C'est une affaire entre lui, moi et son père avec qui... »

Moshe hésita. Il n'avait jamais caché son orientation sexuelle. Concernant Dalmatius, en revanche, leur aventure et leur parenté étaient restées sous le sceau du secret. Devant ceux étonnés qu'existassent deux Griebnisch dans le monde du classique, Moshe niait tout lien. Il prétendait ne jamais avoir rencontré ce chef d'orchestre, ne connaître son travail que de loin et, en toute franchise, ne pas s'y intéresser. Il poussait la malice jusqu'à affirmer que les Américains sont trop jeunes, superficiels pour comprendre Wagner. Pourtant, Dieu sait si Dalmatius comprenait sa musique et si Moshe aimait l'écouter en parler, le voir la diriger, peut-être pas selon les canons de Bayreuth, qu'importe, à ses yeux il valait Kleiber et Solti[36]. Sous sa baguette, il lui semblait que l'ouverture du *Vaisseau fantôme*, de *Tannhäuser* et des *Maîtres chanteurs*, les dix préludes de la Tétralogie, ceux de *Lohengrin*, de *Tristan*, de *Parsifal*, ces cathédrales, avaient été construites exclusivement pour lui.

« … j'ai eu une relation », acheva-t-il.

Cette annonce suscita des réactions muettes. Seule Petula ne put retenir un : « Quoi ?

– Oui, j'ai été l'amant de mon cousin alors qu'il était fiancé, mari, puis père. Ce jeune homme qui se fait appeler Henry est le fils venu réclamer des comptes. Pour Jane, sa mère, qu'à cause de moi son père a négligée. Pour le prénom qu'il porte, le vrai, le mien. Parce que Dalmatius et Jane étant morts, je suis l'unique survivant de cette histoire, le seul sur qui il puisse se défouler. »

Le regard de Moshe s'aiguisa.

« Pourquoi n'as-tu jamais cherché à me contacter ? Pourquoi venir jusqu'ici et ne pas me proposer un simple tête-à-tête au lieu de gaspiller ta salive et mon temps à causer de mise en scène, de chant, d'un opéra que tu n'as pas vu ? »

Henry souriait pour masquer sa débâcle. Moshe avait-il réellement employé le terme « négligée » ? Abandonner une femme handicapée, la laisser crever seule pour sauvegarder sa liberté, est-ce cela « négliger » ?

36. Chef d'orchestre atypique, Carlos Kleiber est entré dans la légende wagnérienne pour ses interprétations de *Tristan et Isolde*. Georg Solti a mené pour Decca le premier enregistrement intégral d'une Tétralogie

D'autres questions fusaient dans un feu intérieur qui lui donnait envie de rire et de pleurer.

« Henry ? » insista Moshe.

Son expression n'était plus narquoise, devenue grave, elle disait : « Je sais que tu as souffert mais je te propose d'arrêter les frais, tu veux... ? »

Tous les regards étaient rivés sur lui. Son envie de pleurer l'emportait.

« Sortons », dit-il brusquement à Moshe.

---

avec le Philharmonique de Vienne et les plus grands chanteurs de l'époque ; sorti en 1965, ce disque demeure le « *Ring* studio » de référence.

Moshe joue avec des figurines d'Indiens et de cow-boys. Ceux-ci ont des fusils mais ceux-là ne craignent ni la douleur ni la mort. Offrant leur torse aux balles, ils lancent des raids si soudains que leurs ennemis se retrouvent encerclés, sidérés en une masse que les flèches lardent à bout portant ; ils massacrent et repartent au galop, poursuivis par le seul survivant. Dans le salon, papa et maman se disputent. Moshe est habitué. Il couvre leurs cris par ceux des Indiens et les détonations du fusil que le cow-boy, malgré sa vitesse, ajuste sereinement… Paf, un Indien tombe. Paf, un second. Les autres ont disparu ? Non, c'était une embuscade. Le voici acculé, les talons dans le vide d'un canyon gigantesque. Face à lui des plumes, des peintures, des grimaces. Le chef sort du groupe, couteau en main. Loin de sa bergère et de son ranch, le vaillant gardien de troupeaux s'apprête à se faire scalper, égorger, puis pousser dans une chute qui sera sa dernière. À moins que… Paf ! Paf ! La porte de l'entrée vient de claquer.

« Maman… ? » s'inquiète Moshe en sortant de sa chambre.

Il la trouve adossée contre un mur qu'elle semble, par son étrange position, empêcher de s'effondrer. Son visage tremble imperceptiblement. Remarquant la présence de son fils, elle se ressaisit, s'accroupit pour lui prendre les mains.

« Tu étais où, mon lapin ?

– Avec Buffalo Bill. Il se venge des Indiens qui ont tué ses amis.

– C'est bien… », murmure-t-elle.

Puis, fronçant les sourcils :

« S'il peut éviter de les tuer, c'est mieux. En tout cas, il doit se venger uniquement des coupables, laisser tranquilles ceux qui ne lui ont rien fait. De quelle tribu s'agit-il ? »

Troublé, Moshe avoue ne pas le savoir. Jane lui dit que ce n'est pas grave, il pourra le leur demander. Il faut toujours chercher à connaître les gens, les comprendre, ne pas les juger trop vite car souvent les méchants ne sont pas ceux qu'on croit. Sur ces mots en partie clairs, en partie mystérieux pour un garçon de cinq ans, Jane ébouriffe ses cheveux.

Moshe a treize ans. Son père cherche un peigne dans tout l'appartement. Depuis son fauteuil roulant, sa mère le suit d'un œil suspicieux. Alors qu'il s'examine dans le miroir du salon, elle lui demande où il va. Où veut-elle qu'il aille ? Au Lincoln Center, il y dirige la *Neuvième* de Bruckner dans une heure, il est affreusement en retard. Jane ne se laisse pas berner. Elle a consulté le programme du Lincoln Center, rien ce soir. Où va-t-il, donc ? Dalmatius ajuste le nœud de sa cravate, affirme qu'il s'agit d'un concert privé, voilà pourquoi il ne figure pas sur le programme.

« Si tu ne me crois pas, ajoute-t-il, tu n'as qu'à m'accompagner… »

Dalmatius sait que pour Jane, donc pour lui, l'ascenseur, le taxi, l'accès à l'auditorium sont un véritable calvaire. Il lui reproche d'être un fardeau, sous-entend qu'à défaut d'être autonome elle pourrait faire profil bas. Jane, cette fois, n'en a pas l'intention. Elle insiste. Pour qui tient-il tant à se peigner, pour qui s'est-il parfumé ? Dalmatius soupire, convaincu de ses raisons qu'il n'a pas à donner. Vraiment ? pense Jane. Et la raison pour laquelle, lorsqu'ils choisissaient le prénom de leur fils, il a lourdement milité en faveur de Moshe ? Elle voulait un prénom irlandais, non juif, pourquoi juif ? Elle ne l'est pas, lui ne l'a jamais été. « Ce serait un si bel hommage à mes ancêtres, ça toucherait tellement mon cousin… » Elle l'imite, se moque de lui. Puis, bloquant ses roues au travers de son chemin :

« C'est lui que tu vas retrouver ?

– Écarte-toi », répond Dalmatius.

Elle reste immobile.

« C'est lui qui raccroche quand je décroche le téléphone ? avec lui que tu t'amuses dès que j'ai le dos tourné ? Et puisque ce n'est plus moi, renseigne-moi, je suis curieuse, est-ce lui ou toi qui fais la femme ?

– Dégage ou… »

Dalmatius pousse Jane si violemment que son fauteuil se renverse, la jette sur la moquette. Moshe intervient. S'étant assuré que sa mère va bien, il se dresse, bouche serrée, devant son père. Ce face-à-face évoque celui de Wotan et Siegfried. Le héros est en route pour délivrer

Brünnhilde. Le dieu fatigué, comptant sur des forces qu'il n'a plus, fait obstruction. Il raille ce jeune prétentieux, entreprend de le corriger mais déjà sa lance jonche le sol, brisée par l'épée d'un Siegfried plus fanfaron que jamais. Parce qu'il ne connaît pas la peur, il ose tout, réussit tout. Moshe, lui, a peur. Son père sourcille : aurait-il quelque chose à lui dire… ? Le mutisme de l'adolescent, ses lèvres craquelées vibrant pathétiquement le dissuadent d'exercer son autorité. Il se contente de sourire, se décale d'un pas, finit de se préparer.

« Harry ? »

À travers l'eau du bain, la voix de Peggy lui parvient déformée. Son visage lui apparaît flou, nimbé de lumière entre les mèches de ses cheveux qui flottent comme en apesanteur. C'est à cela, songe-t-il, que doivent ressembler les premières impressions d'un nouveau-né. Une musique appropriée serait le prélude de *L'Or du Rhin* et son accord de mi bémol majeur qui d'un son primitif devient un fleuve, un océan, un foisonnement de vie projeté aux quatre coins de l'univers.

« Harry ?! »

Elle s'impatiente. Lui manque d'air. Il sort sa tête de l'eau et ses longs cheveux roux se plaquent sur ses épaules.

« Tu voulais m'effrayer ? Ça fait deux minutes que tu es en apnée, les yeux grands ouverts, on aurait dit l'Ophélie de Millais. »

Pour toute réponse, Henry se figea dans une expression de vaporeuse félicité.

« Alors ? insista Peggy, curieuse de l'heure entière qu'il avait passée avec Moshe en sortant des Lapins. Vous êtes allés où, avez parlé de quoi ? »

Henry reprit son sérieux, se redressa dans la baignoire. Moshe et lui s'étaient promenés dans la nuit de Bayreuth. Ils avaient remonté un bout de la Siegfried-Allee, tourné dans l'Isoldenstrasse, ensuite Henry ne se souvenait plus des noms de rue, peu importe, ils s'étaient finalement enfoncés dans un parc dont les allées bordées de lampadaires guidaient leur progression sans but. Moshe avait pris les devants. Il lui avait, de son point de vue, exposé l'intégralité de son histoire avec Dalmatius. Il n'avait pas cherché à se disculper, simplement rétablir une chronologie que son neveu, il est vrai, ignorait. Interrogé sur son propre passé, Henry lui avait raconté ce jour où, tandis qu'il traversait à pied le quartier new-yorkais de Garment District, un type l'avait violemment agressé. Il avait décrit l'incontrôlable accès de rage, le flash qui l'avait aveuglé, l'hébétude. Sa mère, Henry en remerciait le dieu auquel il ne croyait pas, n'avait pas vécu jusque-là. Elle avait cinquante ans, lui vingt quand la sclérose en plaques avait eu raison d'elle. Les dernières années avaient été les plus difficiles. Jane ne pouvait plus bouger ou presque, Dalmatius ne passait qu'en coup de vent et lorsque l'infirmière n'était pas là, Henry assumait tout. Un matin, alors qu'il avait préparé le petit déjeuner, il avait cru que sa mère traînait au lit. Il s'en était réjoui puis inquiété avant de se décider à entrer dans sa chambre. C'était fini. Il s'était retrouvé seul dans le vaste appartement que son père avait déserté depuis longtemps. Son accident de taxi, il l'avait appris comme tout le monde, à la radio. En revenant de l'enterrement où il s'était senti anonyme dans une foule d'inconnus (pas de famille à part lui et Moshe qu'il avait reconnu de loin, sans doute d'anciens collègues, des admirateurs, divers témoins d'une vie que Dalmatius avait savamment compartimentée), Henry n'avait pu s'empêcher de poser un regard différent sur cet appartement que ses parents avaient acheté, meublé, décoré à l'époque où leur couple en était encore un. Les photos exhibaient un bonheur factice. La bibliothèque contenait ce que Dalmatius n'avait pas emporté. De Wagner, Henry n'avait retrouvé qu'un enregistrement de *Rienzi* et un *Tannhäuser* oublié. Il avait débouché une bouteille de pomerol également oubliée, s'était installé près de la chaîne Bang & Olufsen qui datait d'avant sa naissance. *Rienzi*, qu'il ne connaissait que de nom, l'avait soufflé dès l'éclosion du thème. Il ignorait que Wagner était capable d'une mélodie si généreuse, si évidente. Cette mélodie, il s'en était gavé avant d'attaquer *Tannhäuser* dont l'ouverture lui était familière mais qu'il redécouvrait, étourdi par son mélange de magistral et d'intime. De là, il avait tout rattrapé. Ce que son père ne lui avait pas donné, il le prenait. Simple auditeur d'abord, il s'était mis à lire le livret des disques, celui des opéras, enfin des articles où le nom de Moshe n'avait pas tardé à surgir. Revenu en Allemagne, le critique désormais vénérable étalait ses avis sur le Net, posait devant le *Festspielhaus*. À cause de lui, sa mère était morte trompée, seule, mais son oncle plastronnait à Bayreuth. Son passé refluait, l'oppressait.

Il avait décidé de se faire appeler Henry, le prénom que sa mère aurait voulu lui donner. Il avait parlé d'elle et de sa maladie, de cette fois où il l'aidait à enfiler un pull quand son père l'avait arraché en hurlant, un enfant ne devait pas faire ça, il fallait une infirmière, une hospitalisation, bref, maman devait cesser d'empoisonner la vie des autres. Il avait évoqué d'autres souvenirs plus heureux. Entre deux lampadaires, il s'était arrêté, avait levé les yeux vers un ciel qui s'était alourdi de nuages couleur d'encre. Sa mère lui manquait. Son père, il ne lui avait rien pardonné. Il regrettait seulement de ne pas avoir pu, à temps, lui dire ses vérités.

« Et… ? fit Peggy, appréhendant la suite.

– Et… », répéta Henry.

Son oncle avait dit : « Tu sais, Dalmatius m'a aussi fait du mal. » Il venait de lui raconter sa souffrance, celle de sa mère, et Moshe, au lieu de compatir ou simplement de se taire, leur opposait la sienne. En quoi Dalmatius l'avait-il fait souffrir ? En l'emmenant en vacances à bord de sa Corvette, en lui imposant le protocole de palaces, de restaurants étoilés ? Rarement Henry s'était senti si révolté. Sa réaction n'avait pas fait l'objet d'une longue hésitation.

« Tu lui as craché dessus ? »

Henry ne voyait pas ce qui choquait Peggy.

« Vraiment ? » fit-elle, déconcertée.

Était-il seulement sûr de ce qu'avait dit Moshe ? Avec elle, il comprenait toujours tout de travers, mais le problème était ailleurs, de quoi auraient-ils maintenant l'air en défilant sur la terrasse du Palais des festivals, en s'installant au milieu d'un public au courant de cet affront ? Elle surtout, au bras d'un mufle ?

Henry replongea dans son bain et Peggy, exaspérée, quitta son champ de vision. Son humeur passerait ; comme tout ce qui passe, d'une certaine façon, elle était irréelle. Seuls étaient vrais cette eau chaude, ce silence épais, ces reflets qu'un clapotis encore puissant agitait telles des flammes. À nouveau, Henry entendit s'élever les arpèges primordiaux du Rhin. Ils enflaient, se dissolvaient, s'emmêlaient. Bientôt s'y superposèrent le Trio des ondines, l'Entrée des dieux au Walhall et c'est tout *L'Or du Rhin*, toute la Tétralogie qui s'érigea pièce par pièce, système gigantesque et cependant simple, léger, où rien ne dissonait. Wotan, Siegmund, Siegfried, Sieglinde, Brünnhilde chantaient ensemble en une sublime polyphonie. Quand triomphèrent les couleurs ténébreuses du *Crépuscule des dieux*, Henry était près de perdre connaissance. Il émergea, inspira à fond, s'exclama d'enthousiasme. Il lui semblait avoir tout embrassé, tout compris.

« Peggy ! »

Il bondit hors du bain et saisit son peignoir, impatient de partager l'expérience qu'il venait de vivre.

« Chérie… ? » fit-il, ne la trouvant pas en train de lire au lit.

Il s'avança dans la chambre, inquiet, laissant une flaque à chacun de ses pas. Les affaires de Peggy avaient disparu. Plus rien sur sa table de chevet, dans l'armoire, nulle part.

De retour chez Mme Wagner, Moshe avait filé droit à la salle de bains pour y nettoyer la tache que la salive de Henry avait imprimée sur sa veste. Dans sa chambre, sur son bureau d'enfant, la bouteille de cognac à moitié vide et un verre tout collant. Il s'était assis, accoudé, servi une belle dose. La première gorgée avait embrasé la douleur qui ne quittait plus sa poitrine, la seconde l'avait apaisée. S'il n'avait pas mérité ce crachat, il s'était montré stupidement maladroit. Sur sa proposition, Henry et lui étaient sortis des Lapins franconiens, avaient marché au hasard des rues. Un parc était apparu devant eux, ils s'y étaient enfoncés. Estimant le moment propice, Moshe avait entrepris de clarifier certaines choses. Il lui avait parlé de son père, de leur rencontre, de leur passion et de ses complications à mesure que ce dernier devenait un chef connu, lui un critique redouté, certes, mais surtout un précaire gratte-papier rêvant d'une stabilité professionnelle et conjugale que ses patrons pour l'une, son amant pour l'autre, lui promettaient toujours pour le lendemain. Il avait posé des questions, découvert l'ampleur de ce que Dalmatius avait fait endurer à sa femme et son fils. Lorsque celui-ci s'était tu, Moshe avait – piètre idée – souhaité lui dire qu'ils étaient du même camp. Comme lui, comme Jane, il avait fait les frais d'un caractère auquel nul ne pouvait résister. Leur relation s'était étirée sur plus d'un quart de siècle : Moshe s'en était arraché comme d'un songe, se demandant comment il avait pu rester si longtemps subjugué, supporter tant de souffrance inutile. Cela fut exprimé en des mots assez mal choisis pour que son neveu, sur-le-champ, se tournât vers lui et lui crachât dessus avant de s'éloigner d'un pas farouche.

« Famille de tarés... », conclut Moshe en achevant son verre de cognac.

L'horloge Goldorak indiquait deux heures. Elle retardait de cinq minutes sur son téléphone. En le consultant, il s'aperçut que la clinique l'avait encore appelé. Dans sa valise, l'enveloppe tamponnée « Isar Klinikum » reposait sous une paire de chaussettes usagées. Il était tentant de l'attraper, d'en extraire son contenu, de sauter le baratin pour se rendre au verdict. Ce n'était pas compliqué. Cependant, Moshe préféra s'approcher de la fenêtre d'où il voyait un bout du *Festspielhaus*. Avait-il réellement ignoré ce que Dalmatius infligeait à Jane et Henry ? Un soir où, comme toujours, il roulait trop vite, ils avaient percuté un coyote. Moshe avait été effrayé par la fermeté du geste, pierre au poing, avec lequel la bête avait été achevée. Il s'était demandé comment cette main, une heure plus tôt, en concert, avait pu caresser le moirage infiniment délicat du *Prélude à l'Après-midi d'un faune*. Ce qui perturbait Moshe, surtout, était d'assister à un acte dont il eût cru Dalmatius incapable. Après toutes ces années, que savait-il de lui ? Rien de sa jeunesse, peu en dehors de ses goûts musicaux. Dalmatius pouvait se montrer d'une extrême douceur et d'une grande brusquerie. Il était superbe avec ceux qu'il aimait, mesquin envers les autres. À la faveur d'une vétille, il s'enfermait dans un mutisme suggérant une foule d'émotions souterraines et contradictoires. Il abritait plusieurs personnes en lui. Souvent, la nuit, il insultait, frappait des fantômes que seuls les soins de Moshe parvenaient à dissiper. Il était impossible de l'interroger à ce sujet, Dalmatius n'aimait pas l'introspection. Ses réveils étaient aussi radieux que ses nuits agitées. Drapé dans son peignoir, il amenait à ses lèvres café, jus d'orange, croissants en lisant le journal puis déployait devant lui, telle une carte militaire, la partition de son prochain concert. Son assurance, sa joie de vivre et de travailler semblaient alors totales. Jusque dans ces moments, pourtant, il arrivait qu'une ombre voilât son regard. Amer, il fixait un point de la partition qui, de toute évidence, n'était pas le problème. Doutait-il soudain de lui-même ? Entendait-il une voix qui le dérangeait ? Laquelle ?

Dans son lit, Moshe se remémore la dernière fois qu'il l'a vu. C'était au Carnegie Hall où il dirigeait un orchestre d'un niveau douteux. Il n'a jamais su que son cousin était là, dans le public de cette salle reléguée depuis longtemps au rang des concerts pour touristes. Le New York Phil ne le sollicite plus. Il a vieilli. Son oreille, sa battue ne sont plus infaillibles. Avec son dos qui se voûte, ses gestes fébriles, il ne semble pas dominer la partition, plutôt s'y accrocher. Oh ! Il a suffisamment d'expérience pour assurer jusqu'à sa mort des prestations convenables, assez d'ego pour mourir convaincu d'être un chef d'importance capitale. La vérité, Moshe la connaît : Dalmatius n'est pas entré, n'entrera pas dans la légende. Aucun de ses enregistrements n'a fait date. Au Lincoln Center, sur le mur de la gloire, son portrait passe inaperçu entre ceux de Kurt Masur et de Lorin Maazel, sans parler de Bernstein. En Europe, d'excellents orchestres l'ont invité mais jamais le Wiener ni le Berliner[37]. Bayreuth, le rêve de tout wagnérien, lui est demeuré aussi inaccessible qu'un Walhall brumeux. Au fil des ans, il s'est replié sur un répertoire plus apprécié du public que de lui-même. Ce soir-là, Moshe est presque gêné de ne voir au programme que des œuvres de Tchaïkovski, ce compositeur que Dalmatius taxait jadis de gros mièvre. Il utilise désormais une baguette, cet instrument qu'à trente ans il appelait la « béquille des chefs handicapés ». Sur cette baguette, sa main tremblote. Lorsqu'il se retourne et s'incline, honoré, sous l'énorme ovation dont il feint de s'étonner, ses sourires sont crispés.

Moshe remonte dans le passé. Winston au bec, Dalmatius et lui sont étendus sur le lit d'une chambre de motel, quelque part en Floride où ils se sont rejoints en marge d'une tournée. Les stores hachurent la pénombre de fins rayons ambrés. Un ventilateur tourne au-dessus

37. Le Wiener et le Berliner Philharmoniker, deux des meilleurs orchestres au monde.

d'eux. La référence à *Apocalypse Now* est si évidente que Dalmatius ne la précise pas en demandant :

« Tu sais pourquoi je déteste ce film ?

– Pourquoi ? gémit Moshe, de la fumée plein les poumons.

– Parce qu'à cause de la scène de l'hélicoptère, quatre-vingt-dix-neuf pour cent des gens réduisent Wagner à la Chevauchée des Walkyries aussi bêtement que si, dès qu'ils entendaient le mot “Italie”, ils s'écriaient “Pizza !”. Putain de scène de l'hélicoptère. Putain de Coppola. En voulant rendre hommage à Wagner, il l'a bien desservi.

– Comme Hitler », dit Moshe avant d'expulser un geyser de fumée dont la lumière des stores révèle les tourbillons.

Dalmatius se redresse un peu pour comprendre si Moshe plaisante ou non mais sa tête repose sur son épaule, sauf à l'en éjecter, il ne peut voir son visage et renonce, enfonce son mégot dans le goulot d'une bouteille de bière vide, reprend sa position initiale et confirme :

« Comme Hitler... »

Petula s'était réveillée tôt, alertée par un crépitement étranger à son rêve. Le rêve s'était éclipsé, ses yeux ouverts. Elle avait l'esprit clair mais bizarrement inquiet, comme saisi d'un mauvais pressentiment. Dehors, une brume pluvieuse noyait la forêt et ses ravins profonds. Le Palais des festivals, qui par beau temps dominait le paysage, avait disparu. Petula était descendue pour préparer le petit déjeuner, lancer le café, prendre sa douche. Quand elle était revenue dans la cuisine, Christian s'y trouvait attablé, voûté sur un bol de céréales dont le paquet lui offrait une lecture de circonstance.

« Bien dormi ? » s'enquit-elle en déposant un baiser sur sa tête.

Il lisait. Son visage trahissait la fatigue d'une mauvaise nuit et l'ennui anticipé de la journée à venir. « Bon… », se résigna Petula avant d'attraper le *Pumpernickel* pour s'en couper une tranche, la toaster, la tartiner de beurre et de confiture d'oranges. Ce faisant, elle épiait son fils en quête d'une expression quelconque. Rien. Une mastication de bœuf, un regard lourd sillonnant un texte sans intérêt. Petula remplit son mug de café, y trempa sa tartine. La pluie martelait la baie vitrée du salon. Dans la piscine, les animaux en plastique tremblaient sous la mitraille. Petula se rappelle l'époque où Christian aimait se baigner. Elle l'aidait à s'installer dans le creux du flamant rose, du zèbre, animaux protecteurs qui l'emmenaient en croisière, le rendaient léger, dépliaient le ciel devant lui ; il hurlait quand sa mère, pour l'embêter, accompagnait sa traversée de gerbes d'eau qu'elle soulevait du bout de sa main ou de son pied. Ce n'était pas arrivé depuis longtemps. Ce matin-là, Petula avait perdu l'espoir du moindre dialogue quand Christian, maintenant son regard collé au paquet de céréales, lui demanda comment avait été Siegfried.

« *Siegfried* ? » fit Petula, heureuse que son fils s'y intéressât.

Elle commençait à raconter la représentation de la veille, il l'interrompit : sa question ne concernait pas l'opéra dans son ensemble, uniquement le personnage, le seul qui le passionnait parmi la trentaine que compte la Tétralogie. Christian n'était pas un wagnérien à proprement parler. Il n'était pas du genre à savoir par cœur les huit mille vers du *Ring*. Cependant, il avait toujours été fasciné par le mélange de bravoure et de naïveté, de sauvagerie et de sensibilité, par la franchise, la pureté, la grandeur de « celui qui ne connaît pas la peur ». Il trouvait édifiante la façon dont Siegfried corrige Fafner et Mime. Bouleversante, cette nostalgie qu'il a de sa mère morte en le mettant au monde. Simplement magnifique, sa rencontre avec Brünnhilde. Enfin glaçante, abominable la lance que Hagen glisse entre ses épaules. Autour de ce personnage, il avait lu des livres et des bandes dessinées, vu des documentaires, même joué à un jeu vidéo. Il était incollable sur les ténors qui depuis Georg Unger en 1876 avaient porté le costume du mythique pourfendeur de dragon. Quand sa mère n'était pas là, il pouvait s'installer près de la chaîne hi-fi et se repasser tout un après-midi la prestation de ses idoles dans le Chant de la fonte, le Chant de la forge, les Murmures de la forêt[38]. Bien cachée dans sa chambre, protégée de la lumière et de la poussière, il possédait une photographie dédicacée de Max Lorenz qu'il n'aurait pas vendue pour un million d'euros. Parfois, il se prenait carrément pour le fils de Siegmund et Sieglinde, claironnait le motif de l'Épée[39], courait poing en avant tel Siegfried galopant sur les rives verdoyantes du Rhin. Certains sont fanatiques de Batman ou Hulk, Christian l'était du héros qui selon lui surpassait tous les autres.

« Siegfried… ? » répéta Petula, gênée de révéler que le metteur en scène avait opté pour un personnage maniéré évoquant moins un homme des bois qu'un styliste berlinois amateur d'art performatif et d'orgies bisexuelles.

Elle commença par des faits : Klaus Florian Vogt s'étant foulé la cheville, il avait été remplacé en urgence. La performance vocale avait été correcte, sans plus. Quant à la mise en scène…

« Pfff », soupira Christian dès qu'il eut compris.

Il se remit à lire. Petula attendait anxieusement qu'il en dît davantage. N'ayant pas le cœur de l'ignorer, il la dévisagea le temps d'articuler :

« Siegfried doit être un héros, un vrai. »

---

38. Célèbres passages de *Siegfried*, actes I, I, II.
39. Leitmotiv victorieux associé à Siegfried et plus spécialement à Notung.

Retour au paquet de céréales. La clarté du propos avait giflé Petula. En une phrase, Christian avait sabré sa carrière, deux décennies de mises en scène censément novatrices, en réalité conformistes par leur acharnement à tout transposer, détourner, trahir. Elle avait ses raisons, il n'empêche que le résultat était là. Excepté un *Parsifal* et un *Tristan* qui lui avaient valu des compliments, ses autres productions n'avaient récolté que mépris. On riait encore du *Tannhäuser* musulman, du *Lohengrin* martien. Petula avait cru que ces fours finiraient en triomphes, mais les années passaient et toujours on riait. Ils ne se comptaient plus, ne se taisaient plus ceux qui la tenaient pour une incompétente. Elle avait espéré que Moshe la défendrait, que de son corps et de sa verve, il l'aiderait à vaincre. Il fallait se rendre à l'évidence, lui comme elle n'étaient plus aptes au combat dans l'arène, juste bons pour la retraite. Cette Tétralogie qui devait la relancer serait vite oubliée. Elle aussi. À soixante ans, il est dur de réaliser que vous avez échoué, terrible de l'entendre par la bouche de votre fils, de le sentir aux inflexions de sa voix, à son regard qui vous ayant jugée et condamnée revient sur un paquet de céréales.

IV
LE CRÉPUSCULE DES DIEUX

« Sur un plan politique comme psychologique, la Tétralogie relate dans son entier le drame d'enfants exploités et perdus. Sous forme allégorique, elle relate aussi des enchaînements de catastrophes qui surviennent si une autorité abusive ne veut pas céder le pouvoir ou provoquer, à travers un changement de régime, la venue d'un monde autre et plus équitable. »

Nike Wagner, *L'Avant-scène Opéra*, 1993.

Des Nornes* équipées d'AirPods et d'un casque de réalité virtuelle. Brünnhilde et Siegfried nus ou presque, se partageant un joint sur les décombres d'une ZAD démantelée. Celui-ci empruntant à celle-là, en guise de monture, un vélo crevé qu'il chevauche à travers la campagne, une banlieue, une ville où s'élève un gratte-ciel figurant le palais des Gibichungs*. Sur la terrasse, une soirée décadente où l'on boit, se drogue, se reluque. Gutrune* est une drag-queen, sans doute homme, peut-être trans, Siegfried s'en fiche : à peine a-t-il ingéré un comprimé d'ecstasy qu'il cède à des penchants qu'excitent la robe pailletée, les lèvres liquoreuses, la moustache de la reine. Gunther* et Hagen évoquent de puissants hommes d'affaires. Le premier se divertit gentiment quand le second, machiavélique, suggère de faire enlever Brünnhilde pour l'inclure dans l'orgie. Gunther hésite, Hagen insiste. Inconscient, hilare, Siegfried trouve l'idée excellente. Oui mais voilà, Brünnhilde n'est pas du genre à se laisser humilier sans moufter. Amenée de force sur la terrasse, elle s'y déchaîne en imprécations contre Siegfried, Hagen, Gunther, Gutrune, puis, maudissant le ciel, contre son père Wotan. Hagen feint de partager la peine de l'épouse trompée. Son mari, déplore l'hypocrite, s'est très mal comporté… À tout hasard, ne souhaiterait-elle pas qu'il la venge en jetant dans son verre le comprimé de trop… ? Brünnhilde le souhaite. Hagen procède et bientôt Siegfried, les yeux révulsés, gît dans son vomi. L'ire de la Walkyrie ne s'arrêtera pas là. Ce n'est pas un homme, ce sont tous les hommes et tous les dieux qui doivent payer pour que de ce monde corrompu puisse en jaillir un neuf. Alors que la fête continue, elle redescend au rez-de-chaussée, bourre le hall de dynamite, braque un Hummer H1 au volant duquel, pied au plancher, elle entraîne avec elle l'explosion de l'immeuble, de la ville, de l'univers qui s'embrase comme du soufre, retombe comme de la neige en un voile bleuté que semblent caresser, puissamment, les ultimes accords de la Tétralogie.

Louis Forette avait ainsi conçu son *Crépuscule des dieux*. On en avait vu des choses insolites à Bayreuth mais une Gutrune poilue, un Siegfried toxico, jamais. On pressentait une production qui ferait date pour sa qualité ou son absurdité. Il fallait se souvenir du *Ring* de Boulez et Chéreau ! Que des huées en 1976, que des applaudissements en 1980. Qu'il tournait vite, le vent de l'histoire… Aussi enthousiasmé ou dépité qu'on fût par ce qu'on venait de voir, on craignait de se tromper puis d'avoir à se renier. Avant de prendre position, mieux valait connaître celle de Moshe et de son neveu. Ce dernier, hélas, manquait. Dans le Palais des festivals, son siège était resté vide pendant les quatre heures trente qu'avait duré ce *Crépuscule*. Il ne s'était pas montré à la sortie de l'opéra ni sur le chemin des Lapins franconiens. La taverne était comble, M. Schopenhauer achevait de servir chopes, saucisses, jarrets de porc en sauce, choucroute au vin et toujours pas trace de lui. Moshe en était le plus perturbé.

« Mes amis », lança-t-il par-dessus le brouhaha.

Sans lui en demander la permission, il avait attrapé le verre de Petula pour y faire tinter sa fourchette. Avec son smoking et ses cheveux gominés, il semblait sur le point de prononcer un discours de mariage. De fait, il avait concocté une plaisanterie sur ce thème.

« Je vous remercie d'être venus si nombreux et de si loin – qui de Milan, de Londres, de Sydney, spécifia-t-il en saluant les intéressés – pour être témoins du plus beau jour de ma vie. Après le tragique hyménée de Siegfried et Gutrune, de Gunther et Brünnhilde, trinquons maintenant à celui, libre, passionnel, de vos serviteurs dévoués : moi-même et Petula devenue Mme Griebnisch. »

Cette annonce, qui ne fut prise au sérieux, fit naître dans l'assemblée des sourires intrigués.

« Quoi, sourcilla Moshe, vous n'étiez pas au courant ? Quelque chose vous surprend ? Je ne peux croire que ce soit notre âge, nous sommes encore jeunes et ne l'aurions-nous pas été, n'est-ce pas dans la langue de Berlioz qu'on dit “Mariage plus vieux, mariage heureux”… ? »

Un Français confirma.

« À moins, poursuivit le critique, que vous ne jugiez saugrenu qu'un rustre comme moi ait obtenu la main de la plus exquise des femmes, celle dont un regard suffit à changer le sang des veines en torrents de feu ? »

Cette citation étira les sourires[40].

« Vous n'auriez pas tort… Mais je dois confesser qu'aux charmes de ma dulcinée se mêle dans ma joie de l'épouser une raison… comment dire… intéressée, acheva le septuagénaire, fier du suspense créé par cette histoire dont personne, Petula moins que quiconque, ne savait où elle menait. Cette raison, reprit-il après une gorgée de bière, est qu'en lui donnant mon nom je vais jouir à ses dépens de la postérité. Car la postérité, n'en doutez pas, Petula et Forette y entreront, y sont entrés dès la fin du chef-d'œuvre auquel nous venons d'assister. Je ne parle pas uniquement du *Crépuscule des dieux*, mais également du *Siegfried*, de la *Walkyrie*, de l'*Or du Rhin* qui l'ont précédé. Je ne dis pas davantage que tout était parfait, un chef-d'œuvre n'a pas à l'être, on lui demande seulement – mais c'est tant – d'être inspiré et inspirant, habité et habitable dans le sens où l'on peut y entrer, y déambuler, y contempler de l'intérieur le génie de l'architecte et le talent des artisans. Or qu'avons-nous vu ? Une cathédrale où l'esprit du Maître s'engouffrait pleinement, limpide et changeant comme un soleil d'hiver, de printemps, d'été, d'automne à travers des vitraux. Un édifice où le propos du metteur en scène, jouant sans le tordre avec celui du livret, projetait de solides arches narratives. Un exploit auquel trois cents ou quatre cents personnes, du chef d'orchestre au

40. « *Schließe den Blick ; das Herz in der Brust brennt mir sein Strahl, zu feurigen Strömen fühl' ich ihn zehrend zünden mein Blut !* », « Ferme tes yeux ; leurs rayons brûlent mon cœur dans ma poitrine : je les sens embraser

dernier machiniste, ont contribué de toutes leurs forces, toute leur foi, tels nos bâtisseurs d'antan. Et quel résultat ! Quel résultat…, répéta Moshe après s'être désaltéré. Vous le savez, certains comparent la Tétralogie à une sonate en quatre mouvements dont *L'Or du Rhin* serait l'exposition, *La Walkyrie*, l'andante, *Siegfried*, le scherzo, *Le Crépuscule*, le final. Pour ma part, quoique estimant cette image intéressante, je lui préfère celle de la cathédrale. C'est du moins ainsi que j'analyse le travail de Forette. D'abord *Rheingold*, le porche qui plante le décor, raconte un âge d'or où l'homme vivait en harmonie avec la nature – vous souvenez-vous de ce Rhin chatoyant, de cet arbre majestueux… ? – jusqu'à ce que Wotan arme sa tronçonneuse, qu'Alberich subtilise le trésor des ondines et s'en forge un anneau, cette Apple Watch dont Forette a fait un symbole suffisamment clair pour se passer d'exégèse. Ensuite *La Walkyrie*, la nef où l'on avance, où le drame se déploie, se noue entre hommes et dieux, entre l'idéalisme des individus – rappelez-vous Brünnhilde en écoféministe, Siegmund en punk à chien, Sieglinde en bourgeoise déprimée qui désire tout plaquer –, et le cynisme, pire la médiocrité, l'impuissance de dirigeants incarnés à merveille par ce Wotan patron de PME, pas foncièrement mauvais, simplement empêtré dans la toile de ses compromissions. Puis *Siegfried*, le transept, l'élargissement, l'endroit où l'on respire, où la vaillance du héros nous rend un peu d'espoir. Enfin *Le*

mon sang en flots d'un feu dévorant ! » (Siegfried à Gutrune dans *Le Crépuscule des dieux*, acte I).

Crépuscule, chœur au sens propre et métonymique[41], lieu le plus sacré où l'on bénit les nouveau-nés et les morts, où se trouvent l'accès à la crypte et les fonts baptismaux, l'autel où dans les messes noires on immole, où dans le rite catholique on consacre, où chez Wagner on détruit pour créer. Et ce que Louis Forette, judicieusement, a choisi de détruire en le dynamitant n'est pas un Walhall abstrait, c'est notre monde actuel avec ses excès, sa folie qui nous mènent à l'abîme. »

Moshe se figea avant de conclure :

« Je ne suis qu'un mélomane, je ne m'occupe pas de politique. Cependant, si j'ai à cet endroit la moindre sensibilité, Forette l'aura frottée d'un puissant coup d'archet. J'ai tremblé devant le spectacle si wagnérien et si contemporain – ces adjectifs ne seraient-ils pas synonymes ? – d'un naufrage planétaire. J'ai même pleuré et ne crois pas être le seul : tandis que les rideaux se fermaient lentement, qu'émanant de la fosse tournoyaient en mourant les leitmotivs du Feu, de la Puissance divine, de l'Épée, de l'Anneau et de sa Malédiction, du Meurtre de Siegfried, de l'Annonce d'une nouvelle vie, de la Rédemption par l'amour, du Sommeil éternel, je me suis retourné et j'ai vu, brillant dans la pénombre tel un ciel étoilé, d'indénombrables larmes… Tout cela signale un *Ring* qu'on n'oubliera pas, garantit un morceau d'éternité à ceux qui l'ont rendu possible en commençant par l'excellente directrice de ce festival. Si je me suis permis de badiner

---

41. Des quatre opéras qui composent la Tétralogie, seul *Le Crépuscule des dieux* comporte un chœur.

au sujet d'un mariage qui, hélas, n'aura pas lieu, c'était pour souligner comme cette personne m'est chère, comme j'aurais aimé que nos destins fussent liés à jamais et que, dans cent ans, on parle de moi comme on parlera d'elle. Mais je n'ai aucun droit à cette gloire. C'est toi, Petula, qui as choisi le metteur en scène, le chef d'orchestre, le responsable des lumières, des costumes, des décors. C'est toi qui les as fait travailler dans le bon esprit et la bonne direction. C'est à toi que revient le mérite. Je t'en prie, lève-toi pour recevoir les honneurs qui te sont dus. »

En fait d'honneurs, ce fut un tonnerre de bravos, de chopes cognées en l'air et sur le bois des tables. Qu'ils eussent ou non vu, apprécié cette Tétralogie, habitués et festivaliers reconnaissaient que Moshe avait bien parlé. Les opinions négatives mollissaient dans la liesse, la chaleur de la salle et de l'ébriété. Une heure plus tôt, on était révolté, à présent on ne savait plus, on préférait applaudir plutôt que de jouer les trouble-fête.

« Mais, reprenait Petula, pourquoi notre mariage ne pourrait-il être chose sérieuse ?

– Vraiment ? se troubla Moshe à l'intention du public. Croyez-vous que j'aie mes chances ? Devrais-je me déclarer… ? »

Puis, épiant son amie à la dérobée :

« Sont-ce des runes favorables que je vois dans ses yeux ? »

Cette référence au *Crépuscule des dieux*, acte I, scène II[42], libéra les dernières réserves d'enthousiasme. Les rires

42. « *Sind's gute Runen die ihrem Aug' ich entrathe ?* » (Siegfried, drogué, contemplant Gutrune).

cascadaient tandis que de son pas lourd, calepin en main, M. Schopenhauer passait prendre les commandes supplémentaires. Lorsque le brouhaha l'empêchait d'entendre, il tournait en tous sens une tête exaspérée puis, résigné, la secouait comme pour déplorer : « Ça ne s'arrêtera jamais… » Il se trompait. L'animation ne tarda pas à se calmer, s'éteindre même le temps d'un silence que rompit un claquement de mains. Il provenait des toilettes, une pièce éclairée au néon, barrée d'une porte saloon. Sous chaque battant dépassait une boot noire, au-dessus dépassait un chapeau tyrolien. Quand les claquements eurent cessé, des mains surgirent, attrapèrent le dessus des battants pour les pousser tranquillement. Henry portait son manteau en similicuir et se tenait bras en avant, voûté sous son *Tirolerhut*. Il demeura ainsi, savourant certainement l'effet de son apparition. Puis il franchit la porte, se redressa, embrassa l'assemblée d'un regard sémillant. Comme on ne lui renvoyait que des expressions hostiles, il sembla penser que le problème venait de son chapeau. Il l'ôta, l'examina, plissa la bouche avant de déclarer qu'il l'avait acheté dans une boutique de souvenirs.

« C'est la réplique exacte, on me l'a certifié, de celui que porte Helmut Berger dans le film de Visconti[43]. J'ai eu peine à le croire tant il semble ordinaire mais sur un grand acteur, dans un grand film, c'est forcément autre chose. Vous n'êtes pas de mon avis ? »

---

43. *Ludwig : Le Crépuscule des dieux* (1973). Ludwig (Helmut Berger) porte un chapeau tyrolien dans la scène du baiser avec sa cousine Sissi (Romy Schneider).

Silence. Méfiance. Feignant de n'en rien remarquer, Henry sourit distraitement, posa son chapeau sur le comptoir, s'assit face au patron.

« Un verre d'eau, s'il vous plaît. Hier, boire de l'alcool ne m'a pas réussi. Ne le prenez surtout pas mal, la qualité de vos breuvages est hors de cause. »

Le lecteur se souvient qu'au sujet de Wagner et de ses opéras, M. Schopenhauer, avant de rencontrer Moshe, n'aimait pas qu'on « l'emmerde avec toutes ces conneries ». Or, l'attitude du rouquin ne relevait pas de la connerie mais d'une flagrante provocation. La tension qui montait en lui depuis quatre jours commençait à cogner dans ses tempes.

« Au fait, bredouilla Henry en se retournant vers l'auteur d'un *Tour du Ring en 207+1 leitmotivs*, je vous entendais parler de nef, de transept… Donniez-vous un cours d'architecture médiévale ? »

Moshe n'était pas surpris que son neveu fût revenu, il l'était de ce qu'après sa défaite oratoire de la veille, il arborât une telle assurance.

« Je filais une métaphore.

– Une métaphore ! ironisa Henry. Et ce mot que vous avez employé : *méta*…

– Métonymique, le coupa Moshe. Je faisais allusion au *chœur* de chanteurs qui par métonymie a donné le *chœur* de l'église. Une autre figure de style, précisa-t-il, narquois.

– Bien sûr, s'empressa d'acquiescer le jeune homme. Merci et pardon, je ne voulais pas… »

Sa phrase fut suspendue par une douleur qui le fit grimacer. Il saisit le verre d'eau que M. Schopenhauer s'était senti obligé de lui servir, le vida, et grimaçant encore :

« À faible dose, je les supporte, quand elles sont trop massives elles m'infligent de violents maux de crâne... Je veux parler des inepties. »

À ces mots, son visage se délia, retrouva sa gaieté. Il remercia le patron pour le verre d'eau, se leva, remit son chapeau qu'il ajusta avec soin.

« Avant de vous contredire, permettez-moi de vous dire les qualités que je vous reconnais. D'abord, la constance puisque du très laid *Or du Rhin* au *Crépuscule* ignoble que nous avons eu ce soir – j'étais assis rang quinze place dix-neuf, n'hésitez pas à le vérifier –, vous vous êtes obstiné à ne voir que beauté. Ensuite la loyauté, celle que depuis tant d'années vous témoignez à votre amie Petula Stark quoiqu'à de rares exceptions ses productions n'offrent aux estomacs wagnériens que des plats à base de vent. En parlant de vent, il est des girouettes, ainsi que Wagner le pensait de Meyerbeer, dont la vie ne se règle que d'après la mode du jour[44]. Vous, mon oncle, avez le mérite de rester solidement rivé, droit dans le sens du mauvais goût. De quoi d'autre relèverait une Gutrune moustachue, une Brünnhilde seins

44. Bien qu'il ait inspiré et aidé le jeune Richard Wagner, Giacomo Meyerbeer deviendra la cible privilégiée du Wagner mature. Dans *Le Judaïsme dans la musique* (1850) et *Opéra et Drame* (1851), il en fait l'archétype du compositeur d'opéra populaire mais sans consistance, son judaïsme n'arrangeant rien aux yeux de l'antisémite.

nus, un Wotan qui rote en buvant de la Beck's? D'une trahison, peut-être...? Je le crains attendu que sur dix éléments exhibés par Forette, un seul figure dans le livret. D'ailleurs, j'allais omettre une de vos qualités : l'humour qu'une fois de plus vous avez démontré en affirmant que la mise en scène "joue sans le tordre avec le propos du livret". Hilarant mais passons, l'heure est grave. Au motif que Wagner a écrit "Faites du neuf[45] !", vous et les extasiés du *Regietheater* trouvez brillant que le texte dise une chose, la scène son contraire. S'il est une personne qui ne méritait pas ça, c'est Richard Wagner dont toute la théorie place l'action au centre et la musique, *a fortiori* la mise en scène, en soutien. Il n'est encore venu à aucun chef d'orchestre, Dieu merci, l'idée d'interpréter une fantaisie de son cru au lieu de la partition. C'est pourtant ce que font tous les metteurs en scène depuis Patrice Chéreau. Lui l'a fait avec talent, en innovant, tandis que Forette a le pathétique de se croire original en se roulant dans une fange vingt mille fois piétinée. Franchement..., soupira Henry. Je n'ai rien contre les punks ni contre les chiens mais Siegmund, excusez-moi, n'est pas un punk à chien. Brünnhilde n'est pas une Femen et Wotan ne boit pas de la bière en canette. Siegfried est victime d'une odieuse machination. On le drogue. C'est à cause de cela qu'il s'éprend de Gutrune, oublie Brünnhilde, déclenche l'apocalypse. Il se joue là, le drame de la Tétralogie. Mais cette version, celle de Wagner, était trop simple pour Forette... Un metteur en scène de son

45. Voir note n° 18, p. 61.

envergure vole à des altitudes depuis lesquelles il voit, comprend des choses que l'auteur ignorait. Il lit entre les lignes, entend les esprits. Fort de cette science, il nous révèle ce que le Maître a vraiment voulu dire, à savoir que Siegfried est un mari léger, qu'il s'est drogué sciemment pour se désinhiber, qu'il avait juste envie de tirer son petit coup… ! Oui, mesdames et messieurs, désolé de vous l'apprendre : le fils de Siegmund et Sieglinde, le petit-fils de Wotan, celui qui ne connaît pas la peur, qui a reforgé Notung, terrassé le dragon, franchi le rideau de flammes et conquis Brünnhilde pour lui être fidèle à jamais, l'homme que les dieux ont chargé d'une mission dont eux-mêmes se sentaient incapables, le sauveur de l'humanité n'est en fait qu'un minable. »

Henry marqua une pause. Son index parcourut le bord de son chapeau, s'arrêta devant ses yeux qui l'inspectèrent en quête de poussière : il n'y en avait pas.

« Patrice Chéreau n'aimait pas les héros. Louis Forette ignore probablement jusqu'au sens de ce mot. Il appartient à une génération de metteurs en scène qui, se sachant médiocres, veulent que Siegfried le soit ; qui, parce que l'héroïsme leur est inaccessible, disent qu'il n'existe pas. Si encore, lorsqu'on leur propose de monter une Tétralogie, ils avaient l'élégance de refuser en arguant : “Je ne le peux. Donnez-moi du Bizet, du Massenet, Wagner, c'est trop pour moi.” Hélas non. Invités à Bayreuth, ils se gonflent d'orgueil et débarquent les malles pleines de provocantine, cette poudre bon marché qu'ils appliquent sans compter. Un coup sur l'armure de Brünnhilde et paf, la voici disparue. Sur ses cheveux ? Ils sont bleus ! Son cheval ? Un vélo... ! Ayant tout recouvert, tout embrouillé, ils se courbent sous les huées qui sont pour eux le critère du succès et s'envolent vers de nouvelles productions. Bientôt ils liront avec satisfaction l'article d'un célèbre critique, ici présent, expliquant aux masses le génie d'un travail qu'eux-mêmes n'ont pas compris. Un travail ? Un méfait dont les victimes sont d'abord celui qu'on appelle "Maître" pour mieux le poignarder, et ensuite le public qui, dans un monde où tout est devenu si petit, ne peut même plus à Bayreuth, une fois l'an, voir du grand. Le *Ring* parle d'écologie ? Le crépuscule des dieux serait celui du capitalisme ? C'est fort possible et je n'empêche personne de le souligner. Mais qu'on ne vienne pas me dire que Siegfried est volage. Qu'on ne me le fasse pas mourir, pitoyable, dans le vomi de ses propres erreurs. Il ne s'agit pas seulement d'un contresens, cela revient à le trahir, le tuer une seconde fois.

– Et la distribution ? »

Trouvant son neveu en verve au sujet de la mise en scène, Moshe avait opté pour un coup décroisé.

« La distribution ? fit Henry. Vous devez faire allusion à ces mauvais acteurs qui, s'essayant au métier de chanteur, émettaient des sons sans articulation, justesse ni caractère ; à ce Siegfried qui s'adressait au ciel en fixant le souffleur, à cette Brünnhilde proclamant que les dieux doivent mourir en souriant bêtement, à Hagen dont la voix de basse est censée terrifier et que ce soir on n'entendait pas.

– Si vous ne l'entendiez pas, pourquoi dire qu'il chantait faux ? Et comment savez-vous ce qu'a proclamé Brünnhilde puisqu'elle n'articulait pas ? Connaissez-vous le livret par cœur ? J'en doute vu votre ignorance des ambiguïtés psychologiques qu'il contient, des audaces scénographiques qu'il permet. Siegfried peut être volage. Brünnhilde n'est pas nécessairement cette femme hiératique qu'on imagine lorsqu'on lit la Tétralogie comme un conte pour enfants. D'ailleurs, tout le monde sait que les contes recèlent un sens caché, que les princesses ne sont pas si endormies, les princes si charmants qu'on ne le croit. Alors pourquoi les personnages de l'œuvre la plus riche, la plus complexe, la plus géniale de l'histoire de la musique, du théâtre et de la poésie devraient-ils être exclusivement tels que le petit Moshe – pardon, *Henry* Griebnisch se les est représentés ? »

Le vieux wagnérien avait repris de l'allant. Passant au tutoiement, il enchaîna :

« Tu ne comprends pas la mise en scène, soit, revenons aux chanteurs. Nous sommes à Bayreuth. Excepté Vogt dont j'espère que la cheville se rétablira vite, nous avons eu sur scène la fine fleur du chant lyrique international. Qu'un tel ait été peu en forme, tel autre moins inspiré que d'habitude, c'est possible, c'est certain. Mais peux-tu sérieusement prétendre qu'aucune voix ne s'est distinguée ?

– Je le peux et je le fais. Vous, comment pouvez-vous prétendre que la fine fleur dont certains pétales, je le signale sans méchanceté, commencent sérieusement à se faner, se trouvait au complet ? Où étaient Gould,

Schager, Stemme, Foster[46] ? Ont-ils refusé de participer à une telle mascarade ? Quoi qu'il en soit, le problème de ce *Ring* n'était pas tant la faiblesse des parties que l'indigence de l'ensemble. Pour corriger cela, il eût fallu un chef et de toute évidence Forette n'a pas joué ce rôle. Il serait donc opportun d'aborder la question du chef, le vrai, dont je m'étonne que vous n'ayez encore rien dit. »

Les y voilà. Depuis le début des hostilités, Moshe se demandait quand surviendrait cette question. Le chef d'orchestre, islandais, s'appelait Jón Sigurðsson. Âgé de vingt-six ans, mesurant deux mètres cinq et fin comme une tige, c'était un surdoué connu dans son pays, peu ailleurs car une phobie de l'avion, qu'il ne prenait jamais, limitait fortement sa carrière à l'étranger. Petula avait tenu à l'inviter au détriment de chefs plus établis et se déplaçant plus facilement. Les raisons de ce choix étaient floues, son résultat aussi : si Sigurðsson n'avait pas cafouillé, il n'avait guère brillé. En réalité, Moshe n'avait rien pensé de net sur son compte. Il avait trouvé un peu lente sa Chevauchée des Walkyries, particulièrement beaux ses Murmures de la forêt. Pour le reste, il avait entendu la musique du *Ring*, ni plus ni moins. Pas question d'avouer cela, c'eût été reconnaître qu'il manquait d'oreille. Il lui fallait prendre parti, piétiner l'Islandais ou le porter aux nues. Dans le premier cas, Petula se voyait désavouée. Dans le second, il risquait de plonger avec elle. Sa décision était prise quand une terrible toux retarda sa réponse.

46. Les ténors Stephen Gould et Andreas Schager, les sopranos Nina Stemme et Catherine Foster.

« Je m'étonnais aussi que vous n'en dissiez rien. Qui ne dit mot consent : peut-être consentez-vous, moi pas. En effet, chers amis, chérissime Petula, je suis au regret de vous avouer que la performance du chef ne m'a pas convaincu. Il a vingt-six ans, n'est-ce pas ? Quel bel âge… Paul Claudel, grand wagnérien d'ailleurs, a dit que la jeunesse est faite pour l'héroïsme. Quoi de plus vrai, quoi de plus extraordinaire qu'avoir la chance d'être jeune, talentueux, et de se voir confier la direction d'un *Ring* ? Cette œuvre et ses tempêtes ne sont-elles pas l'épreuve dont rêve tout jeune aventurier ? Celle qui, d'une baguette, fait un sabre avec lequel le chef s'embarque pour combattre, conquérir aux côtés de Siegfried ? C'est ainsi, en corsaire, que j'aurais vécu cette chance. Fi de la mesure, j'aurais fait briller de mille feux l'or du Rhin, brûler comme mille enfers la forge des Nibelungs. Mon Siegmund se serait battu comme un lion pour défendre sa vie et celle de Sieglinde. Mes Walkyries auraient chevauché non au triple mais au sextuple galop ! Mon Siegfried, que n'eussé-je fait pour que sa bravoure, sa pureté, sa probité ne soient superlatives… Son meurtre n'en aurait été que plus abject, sa Marche funèbre plus monumentale. Le final de Brünnhilde aurait été digne d'un maelstrom, tourbillon terrifique dont on ne ressort pas. Mon crépuscule des dieux aurait été si sombre, leur nuit si totale ; avant cela, leur aube, leur zénith si puissants ! Vous me direz, je ne suis pas chef d'orchestre et n'ai pas de leçon à donner. C'est juste. Cependant je m'explique mal que M. Sigurðsson, point par point, ait proposé le contraire de ce que j'aurais fait. Du haut de ses deux mètres, pourquoi s'est-il montré si petit ? Pourquoi, alors que sa jeunesse lui permettait l'excès, avoir commis celui d'une trop grande modestie ? Sa Chevauchée évoquait une gentille promenade de poulains, pour ne pas dire de poneys. Ses géants étaient nains, ses nains, lilliputiens, ses dieux, trop humains. Où était l'héroïsme, où se trouvait le divin ? Que faisaient les cuivres, pourquoi les bois chuchotaient-ils quand devait exploser l'ire de Wotan ? Il me semblait parfois entendre un lied qui m'était agréable et c'est tout le problème : la musique de Wagner ne doit pas l'être, elle doit gifler ! Là, tout était discret au point d'être effacé, comme si le chef avait emprunté à Siegfried son heaume d'invisibilité[47]. On l'entendait, on ne l'entendait plus. On écoutait, on somnolait. J'ai même plusieurs fois, je l'admets, consulté ma montre. Ce Sigurðsson, qu'a-t-il fait du bruit et de la fureur, des rapides et des cascades qui normalement violentent l'attention, éprouvent les nerfs et, malgré ses quinze heures, font passer le *Ring* plus vite qu'un boulet de canon ? Mon neveu… ? ajouta Moshe, l'air de dire : "Qu'en pensez-vous ?" »

Les membres de l'assistance auraient aimé pouvoir s'imprégner de ces mots, ils n'en eurent pas le temps.

« Mon oncle… », commença Henry.

Il s'avançait dans l'espace que les tables encadraient d'un long U. Sous son manteau, le Luger P14 passait inaperçu.

« Vous l'avez justement rappelé, Jón Sigurðsson a vingt-six ans. Vous, combien en avez-vous, le double… ? »

---

47. Voir « *Tarnhelm* » dans le glossaire en fin d'ouvrage.

Il sourit pour marquer l'ironie de sa question.

« Quoi qu'il en soit, il est singulier qu'à votre âge, après avoir vu tant de fois la Tétralogie, tant écrit à son sujet, vous puissiez proférer pareilles extravagances. »

Fixant Moshe, souriant toujours, Henry ôta son chapeau qu'il posa devant un habitué. Il empoigna sa queue-de-cheval, arracha l'élastique, s'ébroua pour donner du volume à sa chevelure de feu.

« Réduire la musique du Maître à son caractère épique relève d'une platitude navrante. Nul besoin de venir à Bayreuth pour entendre cela. Questionnez un quidam sur Wagner : avec l'antisémitisme, c'est l'une des premières choses dont il vous parlera. Une musique édifiante, écrasante… Que de poncifs le wagnérien ne doit-il supporter ? Quels maux n'aura causés le mythe d'un orchestre assourdissant et de chanteurs s'époumonant pour tenter de le couvrir ? N'en déplaise aux brutes, Wagner est un compositeur de l'intime. Ses œuvres, il les a d'abord jouées au piano, près de l'âtre, pour ses proches. Elles ont été pensées comme des poèmes. Ceux qui les aiment l'ont compris depuis longtemps, sauf vous apparemment. Vous parliez d'un lied : c'est dans cet esprit, tout à fait, qu'il faut écouter la Tétralogie. Certes, l'orchestre est imposant. Bien sûr, les chanteurs ont du coffre. Mais ce n'est pas parce qu'on dispose d'une armée qu'on doit forcément massacrer, d'une riche palette qu'il faut tout emplâtrer ! Ces moyens ne servent qu'à peindre finement l'âme des personnages. Un chef n'a donc aucun mérite, je dirais même aucun droit à diriger le *Ring* comme on conduit un char. Il doit rester au plus près de son instrument qu'est l'orchestre, le palper, le presser tendrement pour qu'en suinte ce que la partition contient de plus secret. Voilà ce qu'a fait Sigurðsson. Avant lui, je n'avais jamais distingué les tubas wagnériens[48] des cors, perçu l'usage ô combien suave de la clarinette basse, l'importance du piccolo dans le prélude de *Rheingold* ni ces arpèges de cordes qui, ondulant discrètement, rendent la Marche funèbre si lyrique ; jamais remarqué à quel point les Adieux de Wotan sont ceux d'un père aimant et le final de Brünnhilde le cri désespéré, bouleversant, d'une fille qui se suicide. Tout cela, mon oncle, vous avez dû le sentir comme un sous-marin immergé sent la brise. Je ne vous le reproche pas. Je vous prie simplement de ne pas tirer sur ce qui vous dépasse, de garder vos torpilles pour tel ou tel chanteur, pour moi, qui vous voudrez, excepté ce jeune chef qui malgré le ridicule de la mise en scène nous a livré un *Ring* extrêmement personnel, audacieux, en un mot réussi. »

Henry abaissa ses paupières comme s'il venait lui-même de diriger ce *Ring* et souhaitait un moment de recueillement avant l'ovation. Lorsqu'il les releva, habitués et festivaliers étaient tournés vers lui, la plupart affichant une moue respectueuse. Il avait mis des mots sur ce que tous ressentaient. Oui, il fallait en finir avec les mises en scène qui trahissaient le texte. Non, la musique

---

48. Instrument conçu par Adolphe Sax à la demande de Wagner pour la Tétralogie. Plus proche du cor que du tuba, il est joué à l'orchestre par les cornistes. Strauss, Schönberg, Bartók, Stravinsky l'ont employé par la suite.

de Wagner n'est pas un combat, elle se révèle dans le murmure, la caresse. Moshe le pensait mais pour plusieurs raisons, qu'il savait mauvaises, il s'était retrouvé à défendre la position adverse.

« Il a raison. »

La remarque venait d'un habitué qui portait un bouc et un tee-shirt serré sur d'énormes biceps.

« J'vois pas pourquoi la musique de Wagner devrait être jouée comme une musique de guerre. C'est pas l'enflure à la moustache carrée qui l'aimait de cette manière… ?

– Si, confirma un festivalier.

– L'acoustique du Palais, renchérit un autre habitué, n'a-t-elle pas été conçue pour mettre en valeur les nuances piano ?

– Absolument, abonda un second festivalier. Et n'oublions pas que le Maître affectionnait la musique de chambre, un genre qui a influencé l'écriture de ses opéras. D'ailleurs, il reprochait à Meyerbeer de ne savoir construire que de grandes machines bruyantes ; à Franz Wüllner, par sa lourdeur, d'avoir saccagé la première de son *Or du Rhin* et celle de sa *Walkyrie* à Munich[49]. À Bayreuth, juste avant que les chanteurs ne montent sur scène, il les exhortait à la délicatesse en leur rappelant que les grosses notes ressortent d'elles-mêmes, ce sont les petites qui comptent[50].

---

49. Contre la volonté du compositeur, *L'Or du Rhin* et *La Walkyrie* furent créés à Munich, respectivement en 1869 et 1870, sous la direction de Franz Wüllner que Wagner qualifia de « bousilleur ».

50. Avant la première de *L'Or du Rhin* à Bayreuth, Wagner remit le mot suivant à chacun des chanteurs : « Dernière prière à mes chers amis !

– Alors, fit l'homme au bouc, quel problème à ce qu'un chef d'orchestre, si je comprends bien, ait choisi de travailler au pinceau plutôt qu'à la truelle… ? »

Moshe n'en revenait pas. De quoi se mêlaient ces habitués qui connaissaient Wagner comme lui parlait chinois ? De quel droit ces festivaliers donnaient-ils leur avis sans juger nécessaire de consulter le sien ? Qui avait parlé d'une « musique de guerre » et qu'est-ce que Hitler était venu faire là-dedans… ? Son étonnement culmina lorsque la directrice du festival répondit posément :

« Aucun. »

Moshe baissa vers Petula un regard qu'elle évita, embarrassée.

« C'est vrai, Moshe, tu as été dur envers Jón Sigurðsson. Que tu n'apprécies pas son style est une chose, de là à dire qu'il était invisible… »

Moshe croyait rêver. Petula, dont il défendait depuis toujours le travail douteux, pour qui il s'était compromis, cette même Petula prenait maintenant parti contre lui ? Voulait-elle, l'ingrate, qu'on reparle de son *Lohengrin* martien ? Sentant son oncle fragilisé, Henry s'engouffra dans la brèche :

« N'exagérons rien. Vous n'avez pas dit que le jeu de Sigurðsson n'était d'aucune valeur. Ce que vous avez dit…

– Tais-toi ! »

Clarté ! Les grosses notes viendront toutes seules, l'important ce sont les petites notes et votre texte. »

Moshe avait lâché cela brutalement, abattant devant lui une claque dont le choc, se propageant de sa table aux deux autres, fit bourdonner les verres, les couverts, les assiettes. Son teint s'était enflammé. On n'avait plus affaire au wagnérien subtil mais à l'homme âgé que rattrapent ses vieux défauts.

« Tais-toi, insista-t-il. Je sais ce que j'ai dit, je n'ai pas besoin qu'un morveux de ton espèce me le répète. Ce que j'aimerais, en revanche, c'est qu'une bonne fois pour toutes tu m'expliques ce que tu fiches ici et pourquoi, dans ce parc où nous pouvions enfin discuter, tu m'as craché dessus comme un lama galeux ? »

Moshe n'avait pas prévu d'en parler : c'était fait et Henry, aussitôt, avait perdu son aplomb. L'épisode du crachat lui semblait s'être déroulé dans une autre vie. Le départ de Peggy aussi, qui lui revenait en mémoire avec la force d'un boomerang. Elle n'avait répondu à aucun de ses appels et messages. Sans doute avait-elle marché jusqu'au premier hôtel ouvert, réservé un vol pour New York, au réveil pris un taxi pour l'aéroport de Munich ou Nuremberg. Resté seul dans la chambre, convaincu de son retour imminent, Henry s'était rapidement endormi. À présent, c'était clair, elle ne reviendrait pas. Peut-être même son départ signifiait-il la fin de leur histoire. Elle lui avait donné assez d'avertissements. Elle avait épousé un homme en voie de rédemption, pas un fêlé qui ressasse sans répit ses traumatismes. Elle lui avait fait rencontrer plusieurs thérapeutes, promettre qu'il suivrait son traitement. Il lui avait garanti qu'ils allaient à Bayreuth pour la musique exclusivement. Il lui avait menti, l'avait déçue sur ce point et tant d'autres. Il était coupable comme l'étaient Dalmatius et Moshe, ce fat qui se pavanait avec son beau smoking, sa barbe fleurie, ses stupides groupies. Sans lui, il se serait fait baptiser sous le nom de Henry, il aurait eu une enfance ordinaire, n'aurait pas eu à supporter seul la maladie de sa mère, n'aurait certainement pas tué un pauvre junkie, pas fait fuir la seule personne que, malgré ses problèmes, il était parvenu à séduire.

« C'est vrai ?

– Hein ? » fit Henry.

L'homme au bouc voulait savoir si vraiment il avait craché sur Moshe. Le vent tournait. Moshe avait retrouvé son assurance, Henry perdu la sienne et le public, équipage se jetant de bâbord à tribord, reprenait la défense du premier contre le second. Les questions s'apprêtaient à cingler mais Moshe s'était lassé de ces enfantillages, il les devança.

« Ce n'est pas de ma faute si Dalmatius s'est mal comporté envers Jane et toi. Pas de ma faute si ta femme, à en juger par son absence, t'a planté à Bayreuth. »

Henry s'était raidi. D'où Moshe osait-il parler publiquement de sa mère et de Peggy ? Il ne pouvait entendre un mot de plus d'un type qui avait causé tant de mal et, loin de s'en repentir, claironnait que rien n'était de sa faute. Son arme, il n'avait pas prévu de l'utiliser mais puisqu'elle était là, chargée, il fallait qu'elle servît. Il le sentit avec une sorte d'évidence, et ce fut sans trembler, soudain calmé, qu'attrapant son chapeau pour cacher la manœuvre il tira le Luger hors de son pantalon, le fit passer devant lui, le brandit. Certains crurent à une plaisanterie. Moshe et Petula comprirent immédiatement que ce n'en était pas une. Elle se leva, lui resta debout. L'oncle et le neveu se dévisagèrent. Pour la première fois, Henry remarqua combien les yeux de Moshe ressemblaient à ceux de Dalmatius. Le même noir, le même éclat, l'orgueil que rien ne peut ébranler. Il les scruta si fixement que, dans le flou, la silhouette de son oncle devint celle de son père. Il l'eut donc un instant face à lui, cet homme qu'il n'avait jamais eu l'occasion ou le courage d'affronter.

Henry ne s'était pas trompé en supposant que le Luger P14 avait été bien entretenu : il martela trois coups avec un recul puissant mais fluide. En revanche, il déviait : destinées à Moshe, les balles s'enfoncèrent dans une plaque de lambris, un lapin empaillé, le cou de Petula qui, muette, y porta ses mains avant de vaciller. Henry décala son point de mire, il pressait la détente quand un coup d'une violence inouïe s'abattit sur son crâne. M. Schopenhauer avait quitté son comptoir, s'était élancé vers lui d'un pas résolu. Son arme, la chope qu'il était en train d'astiquer. Sa force, celle d'un paysan franconien décuplée par son attachement à Moshe et l'aversion que le rouquin, d'emblée, lui avait inspirée. Henry n'eut pas le temps de voir des chandelles. La balle qu'il venait de tirer s'était logée dans une poutre, lui gisait au sol, bras en croix. Tandis que le patron regagnait son comptoir, que Moshe et ses voisins assistaient, impuissants, aux convulsions de Petula, d'autres s'approchèrent du jeune Américain. Son revolver fumait à côté de lui. Un habitué l'éloigna d'un coup de pied inutile : apparue tardivement, d'autant plus abondante, une flaque s'élargissait autour de sa tête, étalant sa chevelure en un mouvement d'une beauté sombre et silencieuse.

Par certains aspects, la police de Bayreuth est au festival ce que les Gardes suisses sont au Vatican : une force essentiellement symbolique, moins occupée par des faits de droit commun que dévouée au prestige d'une institution. L'été, ses membres travaillent avec un zèle particulier. Il leur arrive bien sûr, tout au long de l'année, d'intervenir sur tous types d'infractions. À Bayreuth comme ailleurs, des gens conduisent soûls, se carambolent, se bagarrent et parfois braquent, violent, tuent. Mais ces choses sont rares, les plus graves d'entre elles aussitôt prises en main par les autorités fédérales. En tant qu'humble représentant de la police bavaroise à Bayreuth, votre métier consiste surtout, de fin juillet à fin août, à surveiller les rues qu'empruntent les festivaliers, leur indiquer le chemin, faire acte d'une présence bienveillante et courtoise ; au mieux, vous escortez un VIP, répondez pudiquement aux questions d'un journaliste. Rien de cela n'avait préparé Ernst Müller et Kevin Holberstein, brigadier-chef et sous-brigadier, à un double meurtre dont celui de Mme Stark, cette directrice qu'ils étaient fiers de connaître et de croiser souvent. Elle avait toujours pris le temps de les saluer, leur adresser des amabilités, une plaisanterie charmeuse et parfois polissonne. Un jour, pour les besoins d'une nouvelle production, elle leur avait demandé s'ils accepteraient d'y jouer leur propre rôle. Ça n'avait pas été possible mais l'idée les avait amusés, l'attention, touchés. Ils l'appréciaient, cette femme importante qui restait accessible et, inlassablement, leur intimait de l'appeler Petula. À présent elle baignait dans son sang. Un inconnu aussi. Ils n'étaient pas formés aux scènes de crime, néanmoins ils savaient qu'il fallait surtout ne toucher à rien et prévenir la police scientifique. Le brigadier-chef passa les appels nécessaires pendant que le sous-brigadier assurait l'évacuation des clients, notant au passage les coordonnées de chacun. Seuls restèrent Moshe et M. Schopenhauer. Le premier, débraillé, ensanglanté, se trouvait en état de choc. Le second finissait d'astiquer ses chopes.

« Bon, fit Ernst Müller lorsqu'il eut accompli ce qu'exigeait le protocole. Nos collègues seront là dans une heure. Pour vérifier que j'ai bien compris : cet individu (il désigna Henry) a tiré quatre fois avec cette arme (il la pointa) avant que vous (il s'était tourné vers M. Schopenhauer) ne lui frappiez la tête avec une bouteille vide.

– Une chope, corrigea l'intéressé.

– Une chope, opina le brigadier-chef. En effet, on en voit un débris ici, là… »

Il interrompit cette énumération inutile car la chope s'était désintégrée à l'impact, il y avait des éclats partout. De toute façon, l'enchaînement des actions semblait assez clair. Les motifs seraient étudiés plus tard. Dans l'immédiat, ce qui l'embarrassait était ce qu'il devait annoncer au patron des Lapins franconiens.

«Je ne doute pas que vous ayez fait cela pour mettre fin aux coups de feu, la légitime défense sera simple à prouver. Mais il s'agit quand même d'un homicide, à cette heure les juges dorment et tant que je n'en ai pas eu un au téléphone, il m'est impossible de vous laisser partir. Je suis désolé, vous allez devoir passer la nuit avec nous au commissariat… »

Lorsque l'inspecteur Heinz Heiliger eut Peggy au téléphone, elle se trouvait à Norfolk, Virginie, entre deux répétitions de *La Pie voleuse*. Bien qu'elle sût déjà que Henry était mort, la mezzo-soprano dut se contenir pour ne pas fondre en larmes. Elle l'avait rencontré lors d'un récital où le pianiste jouait une sonate de Beethoven si mollement qu'on ne la reconnaissait pas. Voisins de fauteuil partageant la même opinion, Henry et Peggy avaient échangé un sourire entendu. Il l'avait invité à prendre un verre après le concert, il n'en revenait pas qu'elle fût cantatrice, pour lui, ce métier n'en était pas un, c'était un pouvoir, une aura magiques. Peggy avait eu beau lui dire qu'il s'agissait surtout d'un travail technique et ingrat, qu'elle n'était pas une diva, les yeux de Henry n'en brillaient pas moins. Elle trouvait improbable qu'il fût le fils du célèbre Dalmatius Griebnisch. Elle connaissait aussi son oncle Moshe. Avant qu'il ne revînt en Allemagne et ne se cantonnât au festival de Bayreuth, il avait régné quelque temps sur la critique musicale en Nouvelle-Angleterre. Au détour d'un article, il avait d'ailleurs épinglé la toute jeune Peggy dans un rôle minime, se demandant « pourquoi cette enfant gazouillait sur les planches au lieu d'étudier à l'école ». Avec le recul, elle en riait. Henry, lui, ne plaisantait pas. Il haïssait son oncle et son père, avait expliqué pourquoi en s'efforçant de ne pas gâcher la soirée. Sans l'alimenter, Peggy avait compris son ressentiment. Ils avaient repris un verre, parlé d'opéra italien et allemand. Henry était intarissable sur Wagner. Il connaissait toutes les versions, pouvait déclamer des scènes entières. L'alcool aidant, il débordait de lyrisme au sujet des Murmures de la forêt, de l'amour impossible auquel Hans Sachs renonce avec philosophie dans *Les Maîtres chanteurs* et de celui, sublime, d'Élisabeth pour Tannhäuser.

Ils s'étaient mariés un an plus tard, avaient emménagé à Brooklyn. Ils envisageaient de faire un enfant quand avaient ressurgi les démons de Henry. Il ruminait son passé, par moments en voulait à sa mère d'avoir accepté ce qu'elle n'aurait pas dû, le plus souvent à son père d'être sorti de scène sans avoir rendu de comptes. Il se rappelait cette époque où Jane lui demandait s'il avait des nouvelles de son père, ce qui n'était jamais le cas. Son aigreur avait fini par se fixer sur Moshe, dont la gloire de critique, ses critiques elles-mêmes l'exaspéraient à un point névrotique. Il avait recomposé ses souvenirs, s'était persuadé que tout le mal venait de lui. Parfois, les courtes relâches dont Peggy disposait n'étaient remplies que de son nom. C'était insupportable. Le stress du musicien est réputé le plus intense de tous, comment y ajouter les lubies d'un mari déséquilibré ? Elle avait obtenu qu'il se fît soigner. Henry avait commencé un traitement et ses problèmes, aussitôt, avaient semblé s'évanouir. Un soir, alors qu'ils célébraient la dernière d'un *Samson et Dalila* où Peggy avait vaillamment incarné Dalila, il avait suggéré que l'été suivant, en guise de vacances, ils se rendissent à Bayreuth. Bien sûr, Peggy s'était méfiée mais Henry lui avait si bien assuré que son oncle n'entrait en rien dans ce projet... Elle avait objecté qu'ils n'auraient jamais de places, il avait répliqué qu'avec leurs relations ce ne serait pas un problème. Elle lui avait rappelé qu'elle n'aimait pas la musique de Wagner, il avait affirmé que c'était impossible, invoqué Lavignac selon qui ce qu'on n'aime pas chez Wagner, on ne l'a pas compris[51]. Elle avait roulé des yeux amusés et, à court d'arguments, reconnu que même pour une non-wagnérienne l'expérience de Bayreuth ne pouvait être inintéressante.

Ayant questionné Moshe sur les liens qui l'unissaient à Henry, l'inspecteur Heiliger sortit d'un tiroir, zippé dans un sac hermétique, un Luger P14 datant de 1935. Henry l'avait apporté des États-Unis. Peggy n'était pas au courant, ne savait rien à son sujet mais peut-être que Moshe... ? Il avait reconnu l'arme qu'il y a bien longtemps il avait offerte à Dalmatius. Allez deviner si

51. Paru en 1897 et réédité de nombreuses fois, *Le Voyage artistique à Bayreuth* d'Albert Lavignac demeure une référence. Au sujet du novice qui souhaite jouir pleinement de la musique de Wagner : « Cela pourra être long, mais il y arrivera ; car on n'aime pas Wagner à moitié, et ce qu'on n'admire pas, c'est qu'on ne l'a pas compris. »

pour quelque raison symbolique et tordue, Henry avait prévu de s'en servir ou simplement de la lui restituer. Le pire était d'ignorer si la balle qu'avait reçue Petula lui était destinée. Henry avait-il opté pour un *shooting spree*, n'était-il qu'un mauvais tireur ? Heinz Heiliger privilégiait la seconde option d'autant que d'après lui, ces vieilleries avaient une forte tendance à dévier. Malgré cela, les deux premières balles avaient frôlé Moshe et la quatrième partait pour l'atteindre, qu'il fût en vie tenait du miracle.

Pour la première fois depuis la guerre, la programmation fut interrompue. Curieux et journalistes avaient envahi les ruelles du centre. Il n'était pas courant qu'un meurtre survînt pendant le festival et que sa victime en fût la directrice. Petula Stark avait produit une centaine d'opéras, fait la une de *Spiegel* et du *Times*, sa mort émouvait au-delà des milieux wagnériens. Une cérémonie officielle aurait lieu en présence du Chancelier. Elle serait inhumée dans le cimetière de Bayreuth, non loin de Wolfgang Wagner, Wieland Wagner, Siegfried Wagner, Franz Liszt. Le Maître reposait à quelques encablures, chez lui, aux côtés de Cosima et de leur fidèle chien Russ, sous l'herbe de « Wahnfried » et les montagnes de fleurs que des associations et divers anonymes déposaient chaque jour en hommage. Son esprit serait là, sa musique également. Comme pour ses propres funérailles, l'orchestre de son festival, de sa ville, de son rêve accompli serait de service et jouerait en grande pompe le glorieux requiem du *Crépuscule des dieux*.

Moshe avait résolu de ne pas y assister. Il se rattraperait, viendrait seul au cimetière quand la foule n'y serait plus. Il restait à Bayreuth le temps strictement nécessaire à l'enquête, pas davantage. Il ne supportait plus ces lieux tout imprégnés du souvenir de Petula et de l'horreur qui venait d'y sévir, moins encore ces quidams l'assaillant de questions, ces clients des Lapins l'apostrophant comme un vieux camarade, cette sordide logeuse en qui la crainte qu'il partît sans payer s'était doublée du sentiment obscur, soupçonneux, d'héberger une espèce de meurtrier. Soyez tranquille, madame Wagner, je suis innocent dans cette affaire et je vous réglerai ce que je vous dois. Encore un interrogatoire, trois formalités, et je disparais. Par ailleurs, je vais bien, merci de vous en inquiéter. Pas pour très longtemps, cela dit. Cancer du poumon, je parie. Pour en être sûr, il me suffirait d'ouvrir le courrier de la clinique mais voyez-vous, j'ai peur. J'ai beau ne plus beaucoup tenir à la vie, la mort continue de m'effrayer. Je suis lâche, c'est ainsi, et puis non ! On est lâche jusqu'à ce qu'on fasse preuve de courage. Ce courrier, je vais l'ouvrir, je l'ouvre…

Seul dans sa chambre d'enfant, excité par l'alcool et la fatigue, Moshe déchira l'enveloppe tamponnée « Isar Klinikum ». Ce qu'il lut fut confirmé par les messages qu'il écouta dans la foulée. Il ne souffrait pas d'un cancer mais d'un œdème pulmonaire à traiter « de toute urgence ». Ces mots, bizarrement, le tranquillisèrent. On ne se presse pas pour un patient condamné, quand un médecin parle d'urgence, c'est qu'il y a espoir. Il vida son cognac et sourit, moins pour cette nouvelle que pour l'amusement de l'avoir tant redoutée. Un dernier verre et voici terminée la bouteille que Petula lui avait offerte. Alors seulement il céda à la joie simple, légère, d'avoir échappé aux pinces du crabe. Ça se fête. Il prit son verre et ses cigarillos. Dehors, il faisait doux. La lune, pleine, blanchissait le profil de nains de jardin qu'il n'avait pas remarqués jusqu'à présent. « *Zum Wohl!* » murmura-t-il en inclinant son verre avec civilité. Il fit claquer la pierre de son briquet, inspira une longue bouffée qu'il recracha en l'air, direction les étoiles. Le lampadaire devant la maison étant éteint à cette heure, ou en panne, le ciel dégagé révélait ses profondeurs. Vénus brillait fixement et la Voie lactée, bras immense par-dessus la ville minuscule, donnait le vertige.

« Rassurez-moi, vous ne fumez pas ?

– Non, répondit Moshe au pneumologue qui, l'ayant perfusé, plaquait sur son visage un masque translucide.

– Ce serait inconscient. Votre cœur est fatigué, vos poumons sont remplis de liquide, il leur faut un maximum d'oxygène et de repos.

– Hum », fit Moshe sous le masque qui venait d'être mis en fonction.

Il écopa d'une bouteille en titane montée sur un petit diable et reliée à son nez par un fil. Il devait l'utiliser jour et nuit pendant une semaine. À cela s'ajoutaient une flopée de médicaments et la fréquente visite d'une infirmière. Ces contraintes ne lui déplaisaient pas. Il trouvait reposant de n'avoir qu'à bien suivre un traitement. La progression de son taux d'oxygène, la satisfaction du pneumologue formaient un but clair et accessible. Il se couchait tôt, se réveillait tard, éprouvait qu'on dort mieux sans avoir bu. Moshe était heureux d'avoir retrouvé son appartement. Il avait manqué à Minna, sa chatte persane qui lui faisait une fête continue. Il redécouvrait l'élégance de ses tableaux, de sa bibliothèque où les livres lus côtoyaient ceux qu'il avait écrits. Il écoutait du Mozart pour changer un peu, faisait du ménage. Ce trois-pièces, il l'avait acheté vingt ans plus tôt, revenu à Munich après avoir définitivement quitté Dalmatius et New York. Calme, lumineux, il surplombait l'Englischer Garten. Ce n'était pas Central Park mais tout de même, on en voyait à peine le bout. Tandis que Mozart déroulait sa mécanique fluide et riante, le mélomane s'attardait à sa fenêtre, observait les enfants qui couraient, les couples qui flânaient. L'été s'achevait, les frondaisons tiraient déjà sur l'ocre. Moshe comprenait que Wagner se fût passionné pour la pensée de Schopenhauer et le pessimisme hindou. Le *Ring* est l'œuvre du renoncement, de l'éternel recommencement. La musique, la vie ne sont que mouvement. On se croit important, on s'attache aux gens, on juge telle situation désespérée, prodigieuse, finalement tout passe.

Tout passe mais les chefs-d'œuvre restent au moins quelque temps. Moshe interrompit Mozart, inséra dans la chaîne hi-fi le *Parsifal* de Hans Knappertsbusch à Bayreuth, 1951, que Dalmatius lançait toujours à bord de sa Corvette. À l'époque, Moshe était perturbé par la mauvaise qualité d'un enregistrement qui lui paraît désormais limpide. Le crépitement parasite est balayé par la clarté, l'ampleur des vues du « grand Kna ». S'étant délecté des préludes et du Chœur des filles-fleurs, Moshe se rend au dernier acte du dernier opéra de Wagner pour écouter son dernier coup de Maître. Quoi de supérieur à l'Enchantement du Vendredi saint ? Le front collé contre la fenêtre qui refroidit, il scrute un parc devenu crépusculaire. Après quelques solennités, l'orchestre confie dévotement à la flûte le thème de l'Espérance ; bientôt la clarinette, le hautbois, l'aérienne masse des cordes joueront celui du Printemps mais Moshe ne veut pas anticiper, encore moins analyser. Cet Enchantement, il le connaît par cœur, lui a consacré des chapitres entiers. Dans l'immédiat, il n'aspire qu'à se laisser porter.

L'infirmière, turque, était sympathique. Elle savait ce que Moshe avait vécu, évitait de lui poser des questions désagréables. Cependant, comme il se rétablissait bien et discutait volontiers, elle finit par se montrer curieuse. À la télévision, ils avaient beaucoup parlé de Petula Stark et de Henry Griebnisch. Elle n'avait pas tout compris. Qui était ce Henry par rapport à lui ? Son amie Petula laissait-elle un mari ? des enfants ? Cette dernière question le déstabilisa. Depuis la mort de Petula, il n'avait pas songé à son fils Christian. Il l'avait pourtant rencontré plusieurs fois, notamment au cours d'un dîner où le jeune homme autiste l'avait questionné avec feu sur le personnage de Siegfried. Quel âge avait-il désormais et qui s'occuperait de lui ? Moshe aurait dû passer le voir pour le réconforter, l'aider. Au lieu de ça, il ne s'était soucié que de lui-même et de son œdème. Dès qu'il l'avait pu, il s'était calfeutré dans la première classe d'un train pour Munich. Il avait écouté des quatuors à cordes et des concertos pour piano, épousseté des meubles, regardé le temps passer sur l'Englischer Garten. Il n'avait pensé qu'à sa gueule, se dit-il tandis que Minna ronronnait sur ses cuisses et que l'infirmière, contrôlant sa réserve d'oxygène, poursuivait ses questions innocentes.

M. Schopenhauer n'aimait pas la police. La dernière fois qu'un membre de sa famille s'était fait interroger, c'était son père, par la Gestapo. Et encore, il braconnait. Lui n'avait fait que son devoir, alors pourquoi l'emmerdaient-ils, comment avaient-ils pu lui infliger l'avanie d'une nuit en garde à vue entre deux malandrins qui puaient et ronflaient ? Dans les rues de Bayreuth, l'ambiance était plus gaie. On le reconnaissait, on l'admirait celui qui, d'un fameux coup de chope, avait honoré son surnom en arrêtant un massacre. Certains le traitaient en héros, il ne voulait pas. M. Schopenhauer n'était qu'un tavernier. Sa place était derrière son comptoir, en cuisine ou parmi ses clients, pour prendre leur commande. Sa maison, c'était les Lapins franconiens. Or qu'était-elle devenue ? Une scène de crime. Une attraction touristique. Scotché sur la porte en complément de l'écriteau « *Geschlossen* », du ruban plastifié défendait le public d'y entrer. L'enquête était close mais, pris dans des limbes administratifs, son établissement ne pouvait rouvrir. Là où Petula et

Henry s'étaient vidés de leur sang, quoiqu'il eût lessivé, poncé, ciré, une teinte louche demeurait. Dans un mur et une poutre, deux impacts béants. Il y avait également cette lapine en costume franconien, si belle dans sa robe blanche et son tablier bleu. Jadis, son grand-père l'avait abattue, sa grand-mère empaillée. La balle avait emporté l'aine et la patte arrière gauche qu'il ne parvint pas à recoudre. Un art s'était perdu, quelque chose cassé qui ne pouvait se réparer. Lorsqu'il en prit conscience, il gémit, aussitôt se reprit. Dans sa famille on ne pleurait pas, on travaillait. N'ayant hélas plus rien à faire, il passait le balai sans collecter de poussière, lustrait des chopes déjà impeccables. Son désœuvrement était tel qu'il n'avait aucune idée de l'heure quand, un soir, retentit un toc-toc. Encore un journaliste, ce brise-noix d'inspecteur, un abruti de badaud qui ne savait pas lire ? M. Schopenhauer ne comptait pas faire des politesses viennoises, il s'élança lourdement vers la porte qu'il tira comme on arme un coup de poing. C'était Moshe, en polo-jean-baskets. Il respirait la forme.

« Toi », fit le patron, la bouche de travers en guise de sourire.

Il s'écarta pour le laisser entrer, indiqua le comptoir sur lequel atterrirent deux chopes pleines et fraîches.

« À la nôtre », lança-t-il sans juger nécessaire de trinquer.

Les deux hommes discutèrent avec entrain mais posément, espaçant leurs propos d'acquiescements et de regards appuyés. Ils comparèrent l'interrogatoire qu'ils avaient subi. Le critique s'assura que le patron avait été innocenté. Le patron raconta au critique l'enterrement de Petula. Il y avait eu du monde, et du beau, l'orchestre avait joué…

« La Marche funèbre de Siegfried, l'aida Moshe. Un classique, précisa-t-il. Et toi, les affaires ? »

M. Schopenhauer montra la salle déserte, leur resservit une bière pour aller de l'avant. Pendant que les chopes se remplissaient, Moshe remarqua l'ombre sur le parquet puis les impacts de balles. Il se leva, intrigué par ce qui, couché sur une table, évoquait une peluche. C'était un lapin empaillé, en fait une lapine que les tirs de Henry avaient estropiée. On voyait que son propriétaire s'était efforcé de la soigner, rien n'avait fonctionné, rien n'indiquait non plus qu'il avait renoncé. Au contraire, cette bête ne pouvait se trouver là qu'en vue d'une prochaine intervention. En attendant, elle fixait le plafond de ses grands yeux glacés.

Soudain, les volets du coucou s'ouvrirent dans un grincement. Une bergère et une chèvre apparurent. La première brandit sa crosse et, se contorsionnant, l'abattit douze fois sur la cloche de la seconde. Minuit. À cette heure, normalement, habitués et festivaliers trépignaient sur leur banc, le patron allait de l'un à l'autre et Moshe, capitaine sur le pont, entraînait l'équipage à travers les tempêtes de la Tétralogie. Avec lui, tous ensemble ils plongeaient, volaient, voyageaient. Maintenant quoi ? Un sinistre coucou. Ne l'eût-il hérité de ses arrière-grands-parents, M. Schopenhauer l'aurait attrapé, jeté au sol, détruit à coups de talon. Se contrôlant, il demanda à Moshe pourquoi il était revenu. Le wagnérien hésita.

Pouvait-il, sans pathos, avouer qu'il s'était senti égoïste, qu'il revenait pour le fils de Petula ?

« Des affaires à régler. »

M. Schopenhauer comprit qu'il ne fallait pas chercher à comprendre. Pour s'occuper, il s'attela à une tâche quelconque. Lorsqu'elle fut accomplie, il vint s'asseoir près de Moshe. Une question lui brûlait les lèvres. En suivant les échanges entre son neveu et lui, il avait saisi l'essentiel de l'intrigue, cependant un point le tracassait encore.

« Donc, toi et… c'est vrai ? »

L'homosexualité ne le choquait pas. Des invertis, à Bayreuth et même dans sa famille, il y en avait toujours eu. Mais avec un cousin…

Moshe répondit :

« C'était un type extraordinaire pour le meilleur et pour le pire. Il m'a fait beaucoup de mal, plus encore à sa femme et son fils. Si je ne l'avais pas rencontré, ma vie aurait été totalement différente, certainement plus heureuse, pourtant je ne regrette rien. Le bonheur m'a toujours évoqué un idéal médiocre. Ce qui m'intéresse, ce sont les émotions. Le manque, la jalousie, la tristesse qui vous aspire comme un trou sans fond, toutes ces choses valent la peine d'être vécues. »

Il fronça les sourcils comme s'il se demandait où menait sa réflexion. Il renonça à la poursuivre, constatant qu'une fois de plus il s'écoutait parler. À côté de lui se trouvait un homme dont il ignorait jusqu'au vrai nom. Quelle âme se cachait sous ces bretelles et cette moustache à la Bismarck ? Cette âme, quelles passions l'avaient agitée ? Moshe avait entendu que dans sa jeunesse, M. Schopenhauer avait épousé la perle du pays. À quoi ressemblait-elle, comment s'appelait-t-elle ? Était-il vrai que leurs noms avaient figuré côte à côte sur la plaque désormais rouillée, muette, qui servait d'enseigne aux Lapins franconiens ? Il voulut désépaissir le mystère. Trouver les mots n'était pas évident.

« Et toi… »

Le patron devint méfiant.

« Y a-t-il ou y a-t-il eu une Mme Schopenhauer… ?

– Ah ! » s'exclama-t-il sur le ton d'un « Nous y voilà ! ».

Il maintint sur Moshe un œil amusé, caressa sa moustache, esquissa un sourire. Il s'abîmait dans des pensées qu'on devinait mélancoliques. Ce n'est qu'après les avoir chassées d'un revers de la main, achevé sa chope et l'avoir reposée sans douceur ni violence, juste franchement, qu'appliquant une tape sur l'épaule de Moshe, regardant droit devant lui, il dit :

« Ça, mon ami, c'est une autre histoire. »

ANNEXES

RICHARD WAGNER
(LEIPZIG, 1813 – VENISE, 1883),
SES DIX OPÉRAS DE MATURITÉ

Le Vaisseau fantôme (créé à Dresde en 1843)

Tannhäuser (Dresde, 1845)

Lohengrin (Weimar, 1850)

Tristan et Isolde (Munich, 1865)

Les Maîtres chanteurs de Nuremberg (Munich, 1868)

L'Anneau du Nibelung dit aussi *Ring* ou Tétralogie

– *L'Or du Rhin* (Munich, 1869)
– *La Walkyrie* (Munich, 1870)
– *Siegfried* (Bayreuth, 1876)
– *Le Crépuscule des dieux* (Bayreuth, 1876)

Parsifal (Bayreuth, 1882)

LE *RING* : GLOSSAIRE SYNTHÉTIQUE

Personnages

Les dieux

Wotan (Baryton-basse) : Équivalent d'Odin. Le dieu des dieux, prisonnier de ses contradictions et de ses fautes passées. À la fois dieu guerrier et magicien, il enfante les Wälsungs sous l'apparence d'un loup (le Wälse), arpente le monde en tant que Wanderer, vieillard caché sous son chapeau. Avant le début de la Tétralogie, sa faute originelle est d'avoir arraché une branche du frêne Yggdrasil pour s'en faire une lance et la graver de lois (les « runes ») que lui-même ne respecte pas; également d'avoir promis sa belle-sœur Freia en salaire aux géants qui ont érigé son palais du Walhall. Ses attributs sont sa lance et son œil manquant : il l'a perdu dans un moment d'hubris, en buvant à la source interdite du frêne Yggdrasil.

Fricka (Mezzo-soprano) : Son épouse. Gardienne de la fidélité conjugale et de l'ordre moral, elle reproche à Wotan ses nombreux écarts.

Loge (Ténor) : Demi-dieu malicieux du feu, il aide Wotan à se procurer l'anneau du Nibelung.

Freia (Soprano) : Sœur de Fricka, déesse de l'amour et de la beauté, les pommes d'or qu'elle cultive assurent l'immortalité aux dieux. Promise par Wotan en salaire aux géants, elle échappe de justesse à cette transaction finalement payée par le trésor du Nibelung, le *Tarnhelm* et l'anneau.

Froh (Ténor) : Frère de Fricka, Freia et Donner. Dieu du printemps.

Donner (Baryton) : Équivalent de Thor. Dieu du tonnerre.

Erda (Contralto) : Déesse de la terre et de la sagesse, elle a enfanté de Wotan Nornes et Walkyries (du moins Brünnhilde, la mère des autres Walkyries n'étant pas précisée dans le texte de la Tétralogie).

Les Filles du Rhin (ondines)

Au nombre de trois, ce sont les gardiennes du Rhin et de son or qu'Alberich leur dérobe et qu'elles récupéreront à la fin de la Tétralogie. Douées comme les Nornes de prescience, elles avertiront Siegfried qu'un danger le menace mais il refusera de les écouter.

Les Nornes

Au nombre de trois également. Proches des Parques romaines, elles tissent les fils du destin.

Les Nibelungs (nains)

Alberich (Baryton-basse) : Maître des Nibelungs assoiffé de pouvoir et de vengeance. Rejeté par les ondines en raison de sa laideur, il renonce à l'amour pour s'emparer de leur or, s'en forge l'anneau que lui dérobe Wotan : le drame de la Tétralogie est lancé.

Mime (Ténor) : Frère d'Alberich, il recueille et élève Siegfried uniquement dans le but qu'il lui obtienne l'anneau, prévoyant de l'empoisonner aussitôt après.

Hagen (Basse) : Voir « Gibichungs ».

Les géants

Fasolt (Basse) : Frère de Fafner. Ensemble, ils ont construit le palais du Walhall et, au terme d'une négociation houleuse avec Wotan, obtenu en salaire le trésor du Nibelung, le *Tarnhelm* et l'anneau.

Fafner (Basse) : Tuant Fasolt pour posséder l'anneau, il se métamorphose grâce au *Tarnhelm* et devient le dragon que vaincra Siegfried.

Les Walkyries

Les neuf filles de Wotan. Cavalières célestes, elles ramassent les dépouilles des héros tombés glorieusement au combat pour les amener au Walhall.

Brünnhilde (Soprano) : Fille préférée de Wotan, Brünnhilde est le grand personnage féminin de la Tétralogie. Elle désobéira à son père en tentant d'aider Siegmund dans son combat face à Hunding, sera bannie des cieux, découvrira la condition humaine et l'amour avec Siegfried. Dévastée par sa trahison, elle révèlera à Hunding le moyen de le tuer, comprendra trop tard qu'il a été victime d'une machination. Estimant les dieux irrémédiablement corrompus, elle mettra le feu au Walhall et s'y jettera elle-même afin qu'un monde nouveau, celui des hommes et de l'amour, puisse remplacer celui des dieux et des lois.

Les Wälsungs (humains descendant de Wotan)

Siegmund (Ténor) : Héros malheureux, il découvre l'amour auprès de sa sœur jumelle Sieglinde, sera tué au combat par Hunding. Pour lui, son père Wotan avait planté dans un arbre l'épée Notung, il désirait sa victoire mais Fricka est intervenue : la passion de Siegmund et Sieglinde étant incestueuse et adultérine, donc immorale, Siegmund doit mourir.

Sieglinde (Soprano) : Épouse malheureuse de Hunding, sœur jumelle de Siegmund, elle meurt en mettant au monde leur fils Siegfried.

Siegfried (Ténor) : « Celui qui ne connaît pas la peur » est le héros de la Tétralogie. Tout en courage, volonté de vivre et naïveté, il terrasse Fafner et Mime, devient maître de l'anneau sans réellement s'en soucier, brise la lance de Wotan quand le dieu déclinant se dresse sur son chemin, apprend enfin la peur devant la beauté d'une femme, Brünnhilde. Il lui jure fidélité et goûte auprès d'elle l'amour absolu pour finalement mourir assassiné, victime du complot tramé par Hagen. Siegfried est aussi mélancolique lorsqu'il songe à sa mère morte en lui donnant la vie. Il trahit Brünnhilde sous l'effet d'un philtre qui se dissipe juste avant son meurtre : tout lui revient en mémoire mais trop tard. Sa marche funèbre constitue un sommet de la Tétralogie.

Les Neidings (clan ennemi des Wälsungs)

Hunding (Basse) : Chasseur et guerrier sanguinaire, mari despotique, il s'oppose en tous points au romantisme de Siegmund. Trouvant celui-ci sous son toit en compagnie de sa femme, apprenant de surcroît qu'il s'agit d'un Wälsung, il le provoque en duel. Wotan, affligé d'avoir dû lui donner la victoire pour satisfaire Fricka, le tuera d'un simple mot : « *Geh !* » (« Va-t'en ! »).

Les Gibichungs (clan royal)

Gunther (Baryton) : Roi faible et naïf, il participe plus ou moins malgré lui au complot fomenté par Hagen.

Gutrune (Soprano) : Sœur de Gunther, aussi naïve que lui.

Hagen (Basse) : Fils vengeur d'Alberich, demi-frère de Gunther et Gutrune, il orchestre un complot visant à droguer Siegfried pour qu'il s'éprenne de Gutrune et l'épouse, oublie Brünnhilde et l'enlève pour le compte de Gunther. Au cours d'une chasse, il tue Siegfried d'un coup de lance porté au point faible que Brünnhilde lui a révélé, son dos. L'anneau s'offre alors à lui mais déjà Brünnhilde déclenche une fin du monde mêlant incendie et inondation, Hagen est entraîné dans le fond du Rhin par les ondines qui récupèrent enfin leur dû.

Quelques lieux

Le Walhall : Domaine des dieux auquel accèdent les héros tombés au combat.

Le Rhin : Fleuve primordial, son or est gardé par les ondines. En dérobant cet or, Alberich rompt l'équilibre du monde.

Le Nibelheim : Monde souterrain des Nibelungs. Alberich en est le maître tyrannique grâce au pouvoir de l'anneau. Wotan et Loge y descendent pour s'emparer de cet anneau, volant ainsi le voleur.

Quelques objets

L'anneau du Nibelung : Forgé dans l'or qu'Alberich a dérobé aux ondines, il confère un vaste pouvoir à son détenteur mais lui promet aussi, depuis qu'Alberich l'a maudit en s'en faisant détrousser par Wotan et Loge, une mort violente.

Le trésor du Nibelung : Tout l'or que les Nibelungs, asservis par Alberich et son anneau, fouillent sans repos dans les profondeurs de la terre.

Le *Tarnhelm* : Heaume d'invisibilité et de métamorphose fabriqué par Mime, il permettra à Fafner de se transformer en dragon et à Siegfried d'enlever Brünnhilde sous les traits de Gunther.

Notung : « Détresse » est l'épée de la Tétralogie. Arrachée par Siegmund de l'arbre où l'a plantée Wotan, elle se brise dans son combat face à Hunding. Seul Siegfried pourra la reforger, c'est elle qui triomphera du dragon Fafner et de la lance de Wotan.

ÉCOUTEZ LES MORCEAUX CITÉS
DANS LE ROMAN SUR :

Spotify

Deezer

YouTube

REMERCIEMENTS

À mon premier lecteur, Thomas Sannicolo, et mes précieuses relectrices familiales.

À Cyril Plante, Jérôme Delaplanche, Éric et Catherine Drappier, Florence Bonté, Annie et Pierre Benoit, Nicole et Stefan Adler, Alain et Chantal Barove, Violaine Ricard, Igor Machabert, Dirk Weisbrod, René Udwari, Stefan Schubert : chacun à leur manière, tous avec chaleur et humour, ils m'ont transmis un peu de leur passion pour la musique du Maître.

À Cyril Plante encore, président du Cercle Richard Wagner de Paris, qui malgré ses prenantes responsabilités m'a aidé sans compter.

De nouveau à Jérôme Delaplanche, pour son aide tout aussi généreuse.

À mon éditrice Emmanuelle Dugain-Delacomptée et toute l'équipe du Cherche Midi.

Au Centre National du Livre.

Également à Cyril Couaillier, Clarisse Moreau, Antoine Pierre, Achim Leydecker, Catherine et Jean-Marc Introvigne.

Jean-Claude Capèle (1953-2017) était professeur d'allemand en classe préparatoire à Janson-de-Sailly. Homme de caractère et de conviction, traducteur littéraire reconnu des deux côtés du Rhin, il a traduit en français une vingtaine d'auteurs dont Sigmund Freud, Stefan Zweig et Peter Handke.

Après la prépa, avec d'autres anciens élèves, nous le revoyions souvent pour échanger des nouvelles autour d'une Pilsen. Rapidement, sa passion pour Wagner l'emportait sur le reste. Il nous racontait la Tétralogie avec un mélange d'émotion et d'érudition qui nous laissait étourdis, la tête dans les nuages du Walhall. Ce roman lui est dédié avec mon souvenir affectueux.

Table des matières

Conception graphique : Justine Dupré
Composition : Peter Vogelpoel

Dépôt légal : août 2023
ISBN 978-2-7491-7655-0

Vous pouvez consulter notre catalogue général
et l'annonce de nos prochaines parutions sur notre site :
www.cherche-midi.com

92, avenue de France, 75013 Paris

Cet ouvrage a été achevé d'imprimer sur Roto-Page
par l'Imprimerie Floch à Mayenne en mai 2023
N° d'édition : 17655/01 – N° d'impression : 102622
Imprimé en France